落葉

徐志摩

序

這是我的散文集，一半是講演稿：「落葉」是在師大，「話」在燕大，「海灘上種花」在附屬中學，講的。「青年運動」與「政治生活與王家三阿嫂」是為始終不曾出世的『理想』寫的；此外三篇——「論自殺」，「列寧忌日——談革命」，「守舊與「玩」舊」——都是先後在晨報副刊上登過的。原來我想加入的還有四篇東西：一是『吃茶』，平民中學的講演，但原稿本來不完全，近來幾次搬動以後，連那殘的也找不到了；一是「論新文體」，原稿只謄了幾頁，重寫都不行；還有兩篇是英文，一是曾登「創造月刊」的「藝術與人生」，一是一次「文友會」的講演——"Personal Impressions of H. G. Wells, Ed ward Carpenter, and Katherine Mansfield,——但如今看來都有些面目可憎，所以決意給割了去。

我的懶是沒法想的，要不爲有人逼著我，我是決不會自己發心來印什麽書。促成這本小書，是孫伏園兄與北新主人李小峯兄，我不能不在此謝謝他們的好意與助力。

這書的書名，有犯抄襲的嫌疑，該得聲明一句。「落葉」是前年九月間寫的，去年三月歐行前伏園兄問我來印書，我就決定用那個名字，不想新近郭沫若君印了一部小說也叫「落葉」，我本想改，但轉念同名的書，正如同名的人，也是常有的事，沒有多大關係，並且北新的廣告早一年前已經出去，所以也就隨它。好在此書與郭書性質完全異樣，想來沫若兄量氣大，不至拏冒牌頂替的罪名來加給我吧。末了，我謝謝我的朋友一多因爲他在百忙中替我製了這書面的圖案。

○ ○ ○ ○ ○

上面是作者在這篇序裏該得聲明的話；我還想順便添上幾句不必要的。我印這本書，多少不免躊躇。這樣幾篇雜湊的東西，值得留成書嗎？我是個爲學一無所成的人，偶爾弄弄筆頭也只是隨興，那夠得上說思想？就這書的內容說，除了第一篇「落葉」反映前年秋天一個異常的心境多少有點分量或許還值得留，此外那幾篇都不能算是滿意的文章，不是質地太雜，就是筆法太亂或是太鬆，尤其是「話」與「青年運動」兩篇，那簡直是太『年輕』了，思想是不經爬梳的，字句是不經洗鍊的，就比是小孩擘木片瓦塊放在一堆，却要人相信那是一座皇宮——且不說高明的讀者，就我這回自己校看的時候，也不免替那位大胆厚顏的「作者」揑一大把冷汗！

我有一次問顧頡剛先生他一天讀多少時候書。他說除了喫飯與睡覺！我們可以想像我們「古史辨」的作者就在每天手擎著飯箸每晚頭放在枕上的時候還是念念不忘他的『禹』與他的『孟姜女』！這才是做學問；像他那樣出書才可以無愧。像我這樣人那裏說得上？我雖則未嘗不想學好，但天生這不受覊絆的性情，一方在人事上未能絕俗，一方在學業上又不曾受過站得住的訓練，結果只能這「狄來噹」式的東拉西湊；近來益發感覺到活力的單薄與意識的虛浮，比如階砌間的一凹止水，闇澀澀的時刻有枯竭的恐怖，那還敢存什麽「源遠流長」的忘想？

志摩　六月二十八日，北京。

落葉文集目次

落葉

前天你們查先生來電話要我講演，我說但是我沒有什麼話講，並且我又是最不耐煩講演的。他說：你來罷，隨你講，隨你自由的講，你愛說什麼就說什麼。我們這裏你知道這次開學情形很困難，我們學生的生活很枯燥很悶，我們要你來給我們一點活命的水。這話打動了我。枯燥，悶，這我懂得。雖則我與你們諸君是不相熟的，但這一件事實，你們感覺生活枯悶的事實，却立即在我與諸君無形的關係間，發生了一種真的深切的同情。我知道煩悶是怎麼樣一個不成形不講情理的怪物，他來的時候，我們的全身彷彿被一個大蜘蛛網蓋住了，好容易掙出了這條手臂，那條又叫黏住了。那是一個可怕的網子。我也認識生活枯燥，他那可厭的面目，我想你們也都很認識他。他是無所不在的，他附在個個人的身上，他現在個個人的臉上。你望望你的朋友去，他們的臉上有他，你自己照鏡子去，你的臉上，我想，也有他。可怕的枯燥，好比是一種毒劑，他一進了我們的血液，我們的性情，我們的皮膚就變了顏色，而且我怕是離着生命遠，離着墳墓近的顏色。

我是一個信仰感情的人，也許我自己天生就是一個感情性的人。比如前幾天西風到了，那天早上我醒的時候是凍着才醒過來的，我看着紙窗上的顏色比往常的淡了，我被窩裏的肢體像是浸在冷水裏似的，我也聽見窗外的風聲，吹着一顆棗樹上的枯葉，一陣一陣的掉下來，在地上捲着，沙沙的發響，有的飛出了外院去，有的留在牆角邊轉着，那聲響眞像是歎氣。我因此就想起這西風，冷醒了我的夢，吹散了樹上的葉子，他那成績在一般饑荒貧苦的社會裏一定格外的可慘。那天我出門的時候，果然見衖上的情景比往常不同了；窮苦的老頭小孩全躲在街角上發抖；他們遲早免不了樹上枯葉子的命運。那一天我就覺得特別的悶，差不多發愁了。

因此我聽着查先生說你們生活怎樣的煩悶，怎樣的乾枯，我就很懂得，我就願意來對你們說一番話。我的思想——如其我有思想——永遠不是成系統的。我沒有那樣的天才。我的心靈的活動是衝動性的，簡直可以說痙攣性的。思想不來的時候，我不能要他來，他來的時候，就比如穿上一件濕衣，難受極了，只能想法子把他脫下。我有一個比喻，我方才說起秋風裏的枯葉；我可以把我的思想比作樹上的葉子，時期沒有到，他們是不很會掉下來的，但是到時期了，再要有風的力量，他們就只能一片一片的往下落；大多數也許是已經沒有生命了的，枯了的，焦了的，但其中也許有幾張還留着一點秋天的顏色，比如楓葉就是紅的，海棠葉就是五彩的。這葉子實用是絕對沒有的；但有人，比如我自己，就有愛落葉的癖好。他們初下來時顏色有很鮮豔的，但時候久了，顏色也變，除非你保存得好。所以我的話，那就是我的思想，也是與落葉一樣的無用，至多有時有幾痕生命的顏色就是了。你們不愛的儘可以隨意的踩過，絕對不必理會；但也許有少數人有緣分的，不責備他們的無用，竟許會把他們檢起來揣在懷裏，間在書裏，想延留他們幽澹的顏色。感情，眞的感情，是難得的，是名貴的，是應當共有的；我們不應得拒絕感情，或是壓迫感情，那是犯罪的行爲，與壓住泉眼不讓上冲，或是掐住小孩不讓喘氣一樣的犯罪。人在社會裏本來是不相連續的個體。感情，先天的與後天的，是一種線索，一種經緯，把原來分散的個體織成有文章的整體。但有時線索也有破爛與渙散的時候，所以一個社會裏必須有新的線索繼續的產出，有破爛的地方去補，有渙散的地方去拉緊，才可以維持這組織大體的勻整，有時生產力特別加增時，我們就有機會或是推廣，或是加添我們現有的面積，或是加密，像網球板穿雙線似的，我們現成的組織，因為我們知道創造的勢力與破壞的勢力，建設與潰敗的勢力，上帝與撒但的勢力，是同時存在的。這兩種勢力是在一架天平上比着；他們很少平衡的時候，不是這頭沉，就是那頭沉。是的，人類的命運是在一架大天平上比着，一個巨大的黑影，那是我們集合的化身，在那裏看着，他的手裏滿拿着分兩的法碼，一會往這頭送，一會又往那頭送，地球儘轉着，太陽，月亮，星，輪流的照着，我們的運命永遠是在天平上稱着。

我方才說網球拍，不錯，球拍是一個好比喻。你們打球的知道網拍上那裏幾根線是最吃重，最要緊，那幾根線要是特別有勁的時候，不僅你對敵時拉球，抽球，拍球格外來的有力，出色，並且你的拍子也就格外的經用。少數特强的分子保持了全體的勻整。這一條原則應用到人道上，就是說，假如我們有力量加密，加强我們最普通的同情線，那線如其穿連得到所有跳動的人心時，那時我們的大網子就堅實耐用，天津人說的，就有根。不問天時怎樣的壞，管他雨也罷，雲也罷，霜也罷，風也罷，管他水流怎樣的急，我們假如有這樣一個强有力的大網子，那怕不能在時間無盡的洪流裏——早晚網起無價的珍品，那怕不能在我們運命的天平上重重的加下創造的生命的分量？

所以我說真的感情，真的人情，是難能可貴的，那是社會組織的基本成分。初起也許只是一個人心靈裏偶然的震動，但這震動，不論怎樣的微弱，就產生了及遠的波紋；這波紋要是喚得起同情的反應時，原來細的便併成了粗的，原來弱的便合成了强的，原來脆性的便結成了韌性的，像一縷縷的苧蔴打成了粗繩似的；原來只是微波，現在掀成了大浪，原來只是山罅裏的一股細水，現在流成了滾滾的大河，向着無邊的海洋裏流着。耶穌在山頭上的訓道"Sormon on the Mount"比如，還不是有限的幾句話，但這一篇短短的演說，却制定了人類想望的止境，建設了絕對的價值的標準，創造了一個純粹的完全的宗教。那是一件大事實，人類歷史上一件最偉大的事實。再比如釋迦牟尼感悟了生老病死的究竟，發大慈悲心，發大勇猛心，發大無畏心，拋棄了他人間的地位，富與貴，家庭與妻子，直到深山裏去修道，結果他也替苦悶的人間打開了一條解放的大道，為東方民族的天才下一個最光華的定義。那又是人類歷史上的一件奇蹟。但這樣大事的起原還不止是一個人的心靈裏偶然的震動，可不僅僅是一滴最透明的眞摯的感情滴落在黑沉沉的宇宙間？

感情是力量，不是知識。人的心是力量的府庫，不是他的邏輯。有眞感情的表現，不論是詩是文是音樂是彫刻或是畫，好比是一塊石子擲在平面的湖心裏，你站着就看得見他引起的變化。沒有生命的理論，不論他論的是什麽理，只是拿石塊扔在沙漠裏，無非在乾枯的地面上添一顆乾枯的分子，也許擲下去時便聽得出一些乾枯的聲響，但此外只是一大片死一般的沉寂了。所以感情才是成江成河的水泉，感情才是織成大網的線索。

但是我們自己的網子又是怎麽樣呢？現在時候到了，我們應當張大了我們的眼睛，認明白我們周圍事實的眞相。我們已經含糊了好久，現在再不容含糊的了。讓我們來大聲的宣布我們的網子是壞了的，破了的，爛了的；讓我們痛快的宣告我們民族的破產，道德，政治，社會，宗教，文藝，一切都是破產了的。我們的心窩變成了蠹蟲的家，我們的靈魂裏住着一個可怕的大謊！那天平上沉着的一頭是破壞的重量，不是創造的重量；是潰敗的勢力，不是建設的勢力；是撒但的魔力，不是上帝的神靈。霎時間這邊路上長滿了荊棘，那邊道上湧起了洪水，我們頭頂有駭人的聲響，是雷霆還是砲火呢？我們周圍有一哭聲與笑聲，哭是我們的靈魂受汚辱的悲聲，笑是活着的人們瘋魔了的獰笑，那比鬼哭更聽的可怕，更悽慘。我們張開眼來看時，差不多更沒有一塊乾淨的土地，那一處不是叫鮮血與眼淚冲毀了的；更沒有平安的所在，因爲你即使忘得了外面的世界，你還是躲不了你自身的煩悶與苦痛。不要以爲這樣混沌的現象是原因於經濟的不平等，或是政治的不安定，或是少數人的放肆的野心。這種種都是空虛的，欺人自欺的理論，說着容易，聽着中聽，因爲我們只盼望脫卸我們自身的責任，只要不是我的分，我就有權利罵人。但這是，我着重的說，懦怯的行為；這正是我說的我們各個人靈魂裏躲着的大謊！你說少數的政客，少數的軍人，或是少數的富翁，是現在變亂的原因嗎？我現在對你說：先生，你錯了，你很大的錯了，你太恭維了那少數人，你太瞧不起你自己。讓我們一致的來承認，在太陽普遍的光亮底下承認，我們各個人的罪惡，各個人的不潔凈，各個人的苟且與懦怯與卑鄙！我們是與最骯髒的一樣的骯髒，與最醜陋的一般的醜陋，我們自身就是我們運命的原因。除非我們能起拔了我們靈魂裏的大謊，我們就沒有救度；我們要把祈禱的火燄把那鬼燒凈了去，我們要把懺悔的眼淚把那鬼冲洗了去，我們要有勇敢來承當罪惡；有了勇敢來承當罪惡，方有膽量來決鬬罪惡。再沒有第二條路走。如其你們可以容恕我的厚顏，我想念我自己近作的一首詩給你們聽，因為那首詩，正是我今天講的話的更集中的表現：——

（一）毒藥

今天不是我唱歌的日子，我口邊涎著獰惡的微笑，不是我說笑的日子，我胸懷間插著發冷光的利刃；相信我，我的思想是惡毒的，因爲這世界是惡毒的，我的靈魂是黑暗的，因爲太陽己經滅絕了光彩，我的聲調是像墳堆裏的夜鴞，因爲人間已經殺盡了一切的和諧，我的口音像是寃鬼責問他的仇人，因爲一切的恩已經讓路給一切的怨；

但是相信我，眞理是在我的話裏，雖則我的話像是毒藥，眞理是永遠不含糊的，雖則我的話裏彷彿有兩頭蛇的舌，蝎子的尾尖，蜈蚣的觸鬚；只因爲我的心裏充滿着比毒藥更强烈，比咒詛更狠毒，比火燄更猖狂，比死更深奥的不忍心與憐憫心與愛心，所以我說的話是毒性的，咒詛的，燎灼的，虛無的；

相信我，我們一切的準繩已經埋沒在珊瑚土打緊的墓宮裏，你們最勁冽的祭肴的香味也穿不透這嚴封的地層：一切的準則是死了的；

我們一切的信心像是頂爛在樹枝上的風箏，我們手裏擎着這迸斷了的鷂線：一切的信心是爛了的；

相信我，猜疑的巨大的黑影，像一塊烏雲似的，已經籠蓋着人間一切的關係：人子不再悲哭他新死的親娘，兄弟不再來携着他姊妹的手，朋友變成了寇讎，看家的狗回頭來齩他主人的腿：是的，猜疑淹沒了一切；

在路旁坐着啼哭的，在街心裏站着的，在你窗前探望的，都是被姦污的處女：池潭裏只見爛破的鮮艷的荷花；

在人道惡濁的澗水裏流着，浮荇似的，五具殘缺的屍體，他們是仁義禮智信，向着時間無盡的海瀾裏流去；

這海是一個不安靖的海，波濤昌厥的飜着，在每個浪頭的小白帽上分明的寫着人欲與獸性；

到處是姦淫的現象：貪心摟抱着正義，猜忌逼迫着同情，懦怯猥褻着勇敢，肉欲侮弄着戀愛，暴力侵陵着人道，黑暗踐踏着光明；

聽呀，這一片淫猥的聲響，聽呀，這一片殘暴的聲響；

虎狠在熱鬧的市街裏，强盜在你們妻子的床上，罪惡在你們深奥的靈魂裏……

二 白旗

來，跟着我來，拿一面白旗在你們的手裏——不是上面寫着激動怨毒，鼓勵殘殺字樣的白旗，也不是塗着不潔淨血液的標記的白旗，也不是畫着懺悔與咒語的白旗（把懺悔畫在你們的心裏）；

你們排列着，噤聲的，嚴肅的，像送喪的行列，不容許臉上留存一絲的顏色，一毫的笑容，嚴肅的，噤聲的，像一隊决死的兵士；

現在時辰到了，一齊舉起你們手裏的白旗，像舉起你們的心一樣，仰看着你們頭頂的青天，不轉瞬的，惶恐的，像看着你們自己的靈魂一樣；

現在時辰到了，你們讓你們熬着，壅着，迸裂着，滾沸着的眼淚流，直流，狂流，自由的流，痛快的流，盡性的流，像山水出峽似的流，像暴雨傾盆似的流……

現在時辰到了，你們讓你們咽着，壓迫着，掙扎着，洶湧着的聲音嚎，直嚎，狂嚎，放肆的嚎，凶狠的嚎，像颶風在大海波濤間的嚎，像你們喪失了最親愛的骨肉時的嚎……

現在時辰到了，你們讓你們回復了的天性懺悔，讓眼淚的滾油煎淨了的，讓悲慟的雷霆震醒了的天性懺悔，默默的懺悔，悠久的懺悔，沈徹的懺悔，像冷峭的星光照落在一個寂寞的山谷，像一個黑衣的尼僧匐伏在一座金漆的神龕前；

……………………

在眼淚的沸騰裏，在嚎慟的酣徹裏，在懺悔的沈寂裏，你們望見了上帝永久的威嚴。

三　嬰兒

我們要盼望一個偉大的事實出現，我們要守候一個馨香的嬰兒出世：——

你看他那母親在她生產的床上受罪！

她那少婦的安詳，柔和，端麗，現在在劇烈的陣痛裏變形成不可信的醜惡：你看她那偏體的筋絡都在她薄嫩的皮膚底裏暴漲着，可怕的青色與紫色，像受驚的水青蛇在田溝裏急泅似的，汗珠站在她的前額上像一顆顆的黃豆，他的四肢與身體猛烈的抽搐着，畸屈着，奮挺着，糾旋着，彷彿她墊着的蓆子是用針尖編成的，彷彿她的帳圍是用火餤織成的；

一個安詳的，鎮定的，端莊的，美麗的少婦，現在在絞痛的慘酷裏變形成魔鬼似的可怖：她的眼，一時緊緊的閤着，一時巨大的睜着，她那眼，原來像冬夜池潭裏反映着的明星，現在吐露着青黃色的凶餤，眼珠像是燒紅的炭火，映射出她靈魂最後的奮鬬，她的唇，原來是朱紅色的，現在像是爐底的冷灰，她的口顫着，撅着，扭着，死神的熱烈的親吻不容許她一息的平安，她的髮是散披着，橫在口邊，漫在胸前。像揪亂的麻絲，她的手指間，還緊抓着幾穗擰下來的亂髮；

這母親在她生產的牀上受罪：——

但是她還不會絕望，她的生命掙扎着血與肉與骨與肢體的纖
微，在危崖的邊沿上，抵抗着，搏鬭着，死神的逼迫；

她還不會放手，因爲她知道（她的靈魂知道！）這苦痛不是
無因的，因爲她知道她的胎宮裏孕育着一點比她自己更偉大的生
命的種子，包涵着一個比一切更永久的嬰兒；

因爲她知道這苦痛是嬰兒要求出世的徵候，是種子在泥土裏
爆裂成美麗的生命的消息，是她完成她自己生命的使命的機會；

因爲她知道這忍耐是有結果的，在她劇痛的昏瞀中，她彷彿
聽着上帝准許人間祈禱的聲音，她彷彿聽着天使們讚美未來的光
明的聲音；

因此她忍耐着，抵抗着，奮鬭着……他抵拚綳斷她遍體的纖

微，她要贖出在她胎宮裏動盪着的生命，在她一個完全，美麗的嬰兒出世的盼望中，最銳利，最沈酣的痛感逼成了最銳利最沈酣的快感……』

這也許是無聊的希冀，但是誰不願意活命，就使到了絕望最後的邊沿，我們也還要妄想希望的手臂從黑暗裏伸出來挽着我們。我們不能不想望這苦痛的現在只是準備着一個更光榮的將來，我們要盼望一個潔白的肥胖的活潑的嬰兒出世！

新近有兩件事實，使我得到很深的感觸。讓我來說給你們聽聽。

前幾時有一天俄國公使館掛旗，我也去看了。加拉罕站在台上，微微的笑着，他的臉上發出一種嚴肅的青光，他側仰着他的頭看旗上升時，我覺着了他的人格的尊嚴，他至少是一個有膽有略的男子，他有爲主義犧牲的決心，他的臉上至少沒有苟且的痕跡，同時屋頂那根旗桿上，冉冉的升上了一片的紅光，背着窈遠沒有一斑雲彩的青天。那面簇新的紅旗在風前斗峭的裊蕩個不定。這異樣的彩色與聲響引起了我異樣的感想。是靦腆，是驕傲，還是鄙夷，如今這紅旗初次面對着我們偌大的民族？在場人也有拍掌的，但只是斷續的拍掌，這就算是我想我們初次見紅旗的敬意；但這又是鄙夷，驕傲，還是慚愧呢？那紅色是一個偉大的象徵，代表人類史裏最偉大的一個時期；不僅標示俄國民族流血的成績，却也爲人類立下了一個勇敢嘗試的榜樣。在那旗子抖動的聲響裏我不僅彷彿聽出了這近十年來那斯拉夫民族失敗與勝利的呼聲，我也想像到百數十年前法國革命時的狂熱，一七八九年七月四日那天巴黎市民攻破巴士梯亞牢獄時的瘋癲。自由，平等，友愛！友愛，平等，自由！你們聽呀，在這呼聲裏人類理想的火燄一直從地面上直衝破天頂，歷史上再沒有更重要更强烈的轉變的時期。卡萊爾(Carlyle)在他的法國革命史裏形容這件大事有三句名句，他說，"To describe this Scene transcends the talent of mortals. After four hours of world-Bedlam it surrenders. The Bastille is down!"他說：『要形容這一景超過了凡人的力量。過了四小時的瘋狂他(那大牢)投降了。巴士梯亞是下了！』打破一個政治犯的牢獄不算是了不得的大事，但這事實裏有一個象徵。巴士梯亞是代表阻碍自由的勢力，巴黎士民的攻擊是代表全人類爭自由的勢力，巴士梯亞的『下』是人類理想勝利的憑證。自由，平等，友愛！友愛，平等，自由！法國人在百幾十年前猖狂的叫著。這叫聲還在人類的性靈裏盪著。我們不好像聽見嗎，雖則隔著百幾十年光陰的曠野。如今凶惡的巴士梯亞又在我們的面前堵著；我們如其再不發瘋，他那牢門上的鐵釘，一個個都快刺透我們的心胸了！

這是一件事。還有一件是我六月間伴着泰戈爾到日本時的感想。早七年我過太平洋時曾經到東京去玩過幾個鐘頭，我記得到上野公園去，上一座小山去下望東京的市場，只見連縣的高樓大廈，一派富盛繁華的景象。這囘我又到上野去了，我又登山去望東京城了，那分別可太大了！房子，不錯，原是有的；但從前是幾層樓的高房，還有不少有名的建築，比如帝國劇場帝國大學等等，這次看見的，說也可憐，只是薄皮松板暫時支著應用的魚鱗似的屋子，白鬆鬆的像一個爛髮的花頭，再沒有從前那樣富盛與繁華的氣象。十九的城子都是叫那大地震吞了去燒了去的。我們站着的地面平常看是再堅實不過的，但是等到他起興時小小的翻一個身，或是微微的張一張口，我們脆弱的文明與脆弱的生命就夠受。我們在中國的差不多是不能想着世界上，是在醒着的不是夢裏的世界上，竟可以有那樣的大災難。我們中國人是在災難裏討生活的，水，旱，刀兵，盜刦，那一樣沒有，但是我敢說我們所有的灾難合起來也抵不上我們鄰居一年前遭受的大難。那事情的可怕，我敢說是超過了人類忍受力的止境。我們國內居然有人以日本人這次大災為可喜的，說他們活該，我眞要請協和醫院大夫用X光檢查一下他們那幾位，究竟他們是有沒有心肝的。因為在可怕的運命的面前，我們人類的全體只是一羣在山裏逢着雷霆風雨時的綿羊，那裏還能容什麽種族政治等等的偏見與意氣？我來說一點情形給你們聽，因為雖則你們在報上看過極詳細的記載，不會親自察看過的總不免有多少距離的隔膜。我自己未到日本前與看過日本後，見解就完全的不同。你們試想假定我們今天在這裏集會，我講的，你們聽的，假如日本那把戲輪着我們頭上來時，要不了的搭的搭的搭的三秒鐘我與你們與講台與屋子就永遠訣別了地面，像變戲法似的，影踪都沒了。

那是事實，橫濱有好幾所五六層高的大樓，全是在三四秒時間內整個兒與地面拉一個平，全沒了。你們知道聖書裏面形容天降大難的時候，不要說本來脆弱的人類完全放棄了一切的虛榮，就是最猛摯的野獸與飛禽也會在剎時間變化了性質，老虎會來小貓似的挨着你躲着，利喙的鷹鷂會得躲入雞棚裏去窩着，比鷄還要馴服。在那樣非常的變動時，他們也好似覺悟了這彼此同是生物的親屬關係，在天怒的跟着同是剝奪了抵抗力的小蟲子，這裏面就發生了同命運的同情。你們試想就東京一地說，二三百萬的人口，幾十百年辛勤的成績，突然的面對着最後審判的實在，就在今天我們回想起當時他們全城子像一個滾沸的油鍋時的情景，原來熱鬧的市場變成了光燄萬丈的火盆，在這裏面人類最集中的心力與體力的成績全變了燃料，在這裏面藝術教育政治社會人的骨與肉與血都化成了灰燼，還有百十萬男女老小的哭嚷聲，這哭聲本體就可以搖動天地，——我們不要說親身經歷，就是坐在椅子上想像這樣不可信的情景時，也不免覺得害怕不是？那可不是頑兒的事情。單只描寫那樣的大變，恐怕只少就須要荷馬或是莎士比亞的天才。你們試想在那時候，假如你們親身經歷時，你的心理該是怎麼樣？你還恨你的仇人嗎？你還不饒恕你的朋友嗎？你還沾戀你個人的私利嗎？你還有欺哄人的機會嗎？你還有什麼希望嗎？你還不摟住你身旁的生物，管他是你的妻子，你的老子，你的聽差，你的媽，你的寃家，你的老媽子，你的貓，你的狗，把你靈魂裏還剩下的光明一齊放射出來，和着你同難的同胞在這普遍的黑暗裏來一個最後的結合嗎？

但運命的手段還不是那樣的簡單。他要是把你的一切都掃滅了，那倒也是一個痛快的結束；他可不然。他還讓你活着，他還有更苛刻的試驗給你。大難過了，你還喘着氣；你的家，你的財產，都變了你脚下的灰，你的愛親與妻與兒女的骨肉還有燒不爛的在火堆裏燃着，你沒有了一切；但是太陽又在你的頭上光亮的照着，你還是好好的在平定的地面上站着，你疑心這一定是夢，可又不是夢，因爲不久你就發現與你同難的人們，他們也一樣的疑心他們身受的是夢。可眞不是夢；是眞的。你還活着，你還喘着氣，你得重新來過，根本的完全的重新來過。除非是你自願放手，你的靈魂裏再沒有勇敢的分子。那才是你的眞試驗的時候。這考卷可不容易交了，要到那時候你才知道你自己究竟有多大能耐，值多少，有多少價值。

我們鄰居日本人在災後的實際就是這樣。全完了，要來就得完全來過，盡你及身的力量不夠，加上你兒子的，你孫子的，你孫子的兒子的兒子的孫子的努力也許可以重新撑起這份家私，但在這努力的經程中，誰也保不定天與地不再搗亂；你的幾十年只要他的幾秒鐘。問題所以是你幹不幹？就只甘脆的一句話，你幹不幹，是或否？同時也許無情的運命，扭著他那醜陋可怕的臉子在你的身旁冷笑，等着你最後的回話。你幹不幹，他彷彿也涎著他的怪臉問着你！

我們勇敢的鄰居們已經交了他們的考卷；他們回答了一個甘脆的幹字，我們不能不佩服。我們不能不尊敬他們精神的人格。不等那大震災的火燄綏和下去，我們鄰居們第二次的奮鬪已經莊嚴的開始了。不等運命的殘酷的手臂鬆放，他們已經宣言他們積極的態度對運命宣戰。這是精神的勝利，這是偉大，這是證明他們有不可搖的信心，不可動的自信力；證明他們是有道德的與精神的準備的，有最堅强的毅力與忍耐力的，有內心潛在著的精力的，有充分的後備軍的，好比說，雖則前敵一起在炮火裏毀了，這只是給他們一個出馬的機會。他們不但不悲觀，不但不消極，不但不絕望，不但不矮着嗓子乞憐，不但不倒在地下等救，在他們看來這大災難，只是一個偉大的戟刺，偉大的鼓勵，偉大的靈感，一個應有的試驗，因此他們新來的態度只是雙倍的積極，雙倍的勇猛，雙倍的興奮，雙倍的有希望；他們彷彿是經過大戰的大將，戰陣愈急迫愈危險，戰鼓愈打得響亮，他的膽量愈大，往前衝的步子愈緊，必勝的决心愈強。這，我說，眞是精神的勝利，一種道德的強制力，偉大的，難能的，可尊敬的，可佩服的。泰戈爾說的，國家的灾難，個人的災難，都是一種試驗：除是災難的結果壓倒了你的意志與勇敢，那才是眞的災難，因爲你更沒有翻身的希望。

這也並不是說他們不感覺災難的實際的難受，他們也是人，他們雖勇，心究竟不是鐵打的。但他們表現他們痛苦的狀態是可注意的；

他們不來零碎的呼叫，他們採用一種雄偉的莊嚴的儀式。此次震災的週年紀念時；他們選定一個時間，舉行他們全國的悲哀；在不知是幾秒或幾分鐘的期間內，他們全國的國民一致的靜默了，全國民的心靈在那短時間內融合在一陣懺悔的，祈禱的，普遍的肅靜裏（那是何等的悽偉！）；然後，一個信號打破了全國的靜默，那千百萬人民又一致的高聲悲號，悲悼他們曾經遭受的慘運；在這一聲彌漫的哀號裏，他們國民，不僅發洩了蓄積着的悲哀，這一聲長號，也表明他們一致重新來過的偉大的決心（這又是何等的悽偉！）。

這是敎訓，我們最切題的敎訓。我個人從這兩件事情——俄國革命與日本地震——感到極深刻的感想；一件是告訴我們什麼是有意義有價值的犧牲，那表面紊亂的背後堅定的站着某種主義或是某種理想，激動人類潛伏着一種普遍的想望，爲要達到那想望的境界，他們就不顧冒怎樣劇烈的險與難，拉倒已成的建設踏平現有的基礎，拋却生活的習慣，嘗試最不可測量的路子。這是一種瘋癲，但是有目的的瘋癲；單獨的看，局部的看，我們儘可以下種種非難與責備的批評，但全部的看，歷史的看時，那原來紛亂的就有了條理，原來散漫的就成了片段，甚至於在經程中一切反理性的分明殘暴的事實都有了他們相當的應有的位置，在這部大悲劇完成時，在這無形的理想『物化』成事實時，在人類歷史清理節賬時，所得便超過所出，贏餘至少是蓋得過損失的。我們現在自己的悲慘就在問題不集中，不清楚，不一貫；我們缺少——用一個現成的比喻——那一面半空裏升起來的彩色旗（我不是主張紅旗我不過比喻罷了！）使我們有眼睛能看的人都不由的不仰着頭望；缺少那青天裏的一個霹靂，使我們有耳朵能聽的不由的驚心。正因爲缺乏這樣一個一貫的理想與標準（能夠表現我們潛在意識所想望的），我們有的那一部瘋癲性——歷史上所有的大運動都脫不了瘋癲性的成分——就沒有機會充分的外現，我們物質生活的累贅與沾戀，便有力量壓迫住我們精神性的奮鬥；不是我們天生不肯犧牲，也不是天生懦怯，我們在這時期內的確不曾尋着值得或是强迫我們犧牲的那件理想的大事，結果是精力的散漫，志氣的怠惰，苟且心理的普偏，悲觀主義的盛行，一切道德標準與一切價值的毀滅與埋葬。

人原來是行爲的動物，尤其是富有集合行爲力的，他有向上的能力，但他也是最容易墮落的，在他眼前沒有正當的方向時，比如猛獸監禁在鐵籠子裏。在他的行爲力沒有發展的機會時，他就會隨地躺了下來，管他是水潭是泥潭，過他不黑不白的猪奴的生活。這是最可慘的現象，最可悲的趨向。如其我們容忍這種狀態繼續存在時，那時每一對父母每次生下一個潔淨的小孩，只是爲這卑劣的社會多添一個墮落的分子，那是莫大的褻瀆的罪業；所有的教育與訓練也就根本的失去了意義，我們還不如盼望一個大雷霆下來毀盡了這三江或四江流域的人類的痕跡！

再看日本人天災後的勇猛與毅力，我們就不由的不慚愧我們的窮，我們的乏，我們的寒傖。這精神的窮乏才是眞可恥的，不是物質的窮乏。我們所受的苦難都還不是我們應有的試驗的本身，那還差得遠着哪；但是我們的醜態已經恰好與人家的從容成一個對照。我們的精神生活沒有充分的涵養，所以臨着稀小的紛擾便沒有了主意，像一個耗子似的，他的天才只是害怕，他的伎倆只是小偷；又因爲我們的生活沒有深刻的精神的要求，所以我們合羣生活的大網子就缺少最喫分量最經用的那幾條普徧的同情線，再加之原來的經緯已經到了完全破爛的狀態，這網子根本就沒有了聯結，不受外物侵損時已有潰散的可能，那裏還能在時代的急流裏，撈起什麼有價值的東西？說也奇怪，這幾千年歷史的傳統精神非但不曾供給我們社會一個鞏固的基礎，我們現在到了再不容隱諱的時候，誰知道發現我們的樁子，只是在黃河裏造橋，打在流沙裏的！

難怪悲觀主義變成了流行的時髦！但我們年輕人，我們的身體裏還有生命跳動，脈管裏多少還有鮮血的年輕人，却不應當沾染這最致命的時髦，不應當學那隨地躺得下去的猪，不應當學那苟且專家的耗子，現在時候逼迫了，再不容我們霎那的含糊。我們要負我們應負的責任，我們要來補織我們已經破爛的大網子，我們要在我們各個人的生活裏抽出人道的同情的纖微來合成強有力的繩索，我們應當發現那適當的象徵，像半空裏那面大旗似的，引起普遍的注意；我們要修養我們精神的與道德的人格，預備忍受將來最難堪的試驗。簡單的一句話，我們應當在今天——過了今天就再沒有那一天了——宣布我們對於生活基本的態度。是是還是否；是積極還是消極；是生道還是死道；是向上還是墮落？在我們年輕人一個字的答案上就掛着我們全社會的運命的决定。我盼望我至少可以代表大多數青年，在這篇講演的末尾，高叫一聲——用兩個有力量的外國字——

"Everlasting yea!"

青年運動

我這幾天是一個活現的Don Quixcte，雖則前胸不曾裝起護心鏡，頭頂不曾插上雉雞毛，我的一頂闊邊的「面盆帽」，與一根漆黑鑠亮的手棍，鄉下人看了已經覺得新奇可笑；我也有我的Sancho Panza，他是一個角色，會憨笑，會說瘋話，會賭咒，會爬樹，會爬絕壁，會背「大學」，會騎牛，每回一到了鄉下或山上，他就賣弄他的可驚的學問，他什麼樹都認識，什麼草都有名兒，種稻種豆，養蠶栽桑，更不用說，他全知道，一講着就樂，一樂就開講，一開講就像他們田裏的瓜蔓，又細又長又曲折又蘇延（他姓陸名字叫炳生或是丙申，但是人家都叫他魯濱孫）；這幾天我到四鄉去冒險，前面是我，後面就是他，我折了花枝，採了紅葉，或是檢了石塊（我們山上有浮石，擲在水裏會浮的石塊，你說奇不奇！）就讓他抗着，問路是他的分兒，他叫一聲大叔，鄉下人誰都願意與他答話；轟狗也是他的份兒，到鄉下去最怕是狗，他們全是不躲懶的保衞團，一見穿大褂子的他們就起疑心，迎着你嗥還算是文明的盤問，頂英雄的滿不開口望着你的身上直攻，那才麻煩，但是他有辦法，他會念降狗咒，據他說一念狗子就喪膽，事實上並不見得靈驗，或許狗子有祕密的破法也說不定，所以每回見了勁敵，他也免不了慌忙，他的長處就在與狗子對嗥，或是對罵，居然有的是王郎種，有時他罵上了勁，狗子到軟化了，但是我總不成，望見了狗影子就心虛，我是淝水戰後的符堅，稻草滕兒，竹籬笆，就夠我的恐慌，有時我也學 Don Quixote 那勁兒，舞起我手裏的梨花棒，喝一聲孽畜好大胆，看棒！果然有幾處大難讓我頂瀟灑的豪過了。

我相信我們平常的臉子都是太像騾子——拉得太長；憂愁，想望。計算，猜忌，怨恨。懊悵，怕懼，都像覆魔似的壓在我們原來活潑自然的心靈上，我們在人叢中的笑臉大半是裝的，笑響大半是空的，這眞是何苦來。所以每回我們脫離了煩惱打底的生活，接近了自然，對着那寬闊的天空，活動的流水，我們就覺得輕鬆得多，舒服得多。每回我見路旁的息涼亭中，挑重擔的鄉下人，放下他的擔子，坐在石橙上，從腰包裹掏出火刀火石來，打出幾簇火星，點旺一桿老煙：綠田裏豆苗香的風一陣陣的吹過來，吹散他的煙氛，也吹燥了他眉額間的汗漬；我就感想到大自然調劑人生的影響：我自己就不知道曾經有多少自殺類的思想，消滅在青天裏，白雲間，或是像挑擔人的熱汗，都讓涼風吹散了。這是大家都承認的，但實際沒有這樣容易。

卽使你有機會在息凉亭子裏抽一桿潮煙，你抽完了煙，重擔子還是要挑的，前面誰也不知道還有多少路，誰也不知道還有沒有現成的息凉亭子，也許走不到第二個凉亭，你的精力已經到了止境，同時擔子的重量是刻刻加增的，你那時再懊悔你當初不應該嘗試這樣壓得死人的一個負擔，也就太遲了！

我這一時在鄉下，時常揣摩農民的生活，他們表面看來雖則是繼續的勞瘁，但內裏却有一種涵蓄的樂趣，生活是原始的，樸素的，但這原始性就是他們的健康，樸素是他們幸福的保障，現代所謂文明人的文明與他們隔着一個不相傳達的气圈，我們的爭競，煩惱，問題，消耗，等等，他們夢裏也不曾做着過，我們的墜落，隱疾，罪惡，危險，等等，他們聽了也是不懂解的，像是聽一個外國人的談話。上帝保佑世上再沒有懞憧的獃子想去改良，救渡，敎育他們，那是間接的摧殘他們的平安，擾亂他們的平衡，抑塞他們的生機！

需要改良與敎育與救渡的是我們過分文明的文明人，不是他們。需要急救，也需要根本調理的是我們的文明，二十世紀的文明，不是洪荒太古的風俗，人生從沒有受過現代這樣普遍的咒詛，從不曾經過現代這樣荒凉的恐怖，從不曾嘗味過現代這樣惡毒的痛苦，從不曾發現過現代這樣的厭世與懷疑。這是一個重候，醫生說的。

人生眞是變了一個壓得死人的負擔，習慣與良心衝突，責任與個性衝突，敎育與本能衝突，肉體與靈魂衝突，現實與理想衝突，此外社會政治宗敎道德買賣外交，都只是混沌，更不必說。這分明不是一塊青天，一陣凉風，一流清水，或是幾片白雲的影響所能治療與調劑的；更不是宗敎式的訓道，敎育式的講演，政治式的宣傳所能補救與濟渡的。我們在這促狹的蕪穢的狴犴中，也許有時望得見一兩絲的陽光，或是像拜倫在 Chillon 那首詩裏描寫的，聽着清新的鳥歌；但這是嘲諷，不是慰安，是丹得拉士（Tantalus）的苦痛，不是上帝的恩寵；人生不一定是苦惱的地獄。我們的是例外的例外。在葡萄叢中高歌歡舞的一種提昂尼辛的顚狂（Dionysian madness），已經在時間的灰燼裏埋着，眞生命活潑的血液的循環，已經被文明的毒質瘀住，我們彷彿是孤兒在黑夜的森林裏呼號生身的爹娘，光明與安慰都沒有絲毫的踪跡。所以我們要求的——如其我們還有膽气來要求——決不是部分的，片面的補苴，決不是消極的慰藉。決不是恇夫的改革，決不是傀儡的把戲……我們要求的是，『澈底的來過』；我們要爲我們新的潔淨的靈魂造一個新的潔淨的軀體，要爲我們新的潔淨的軀體造一個新的潔淨的靈魂；我們也要爲這新的潔淨的靈魂與肉體造一個新的潔淨的生活——我們要求一個『完全的再生。』

我們不承認已成的一切，不承認一切的現實；不承認現有的社會，政治，法律，家庭，宗教，娛樂，教育；不承認一切的主權與勢力。我們要一切都重新來過：不是在書桌上整理國故，或是在空枵的理論上重估價值，我們是要在生活上實行重新來過，我們是要回到自然的胎宮裏去重新吸收一番資養。但我們說不承認已成的一切是不受一切的束縛的意思，並不是與現實宣戰，那是最不經濟也太瑣碎的辦法；我們相信無限的青天與廣大的山林儘有我們青年男女翺翔自在的地域；我們不是要求篡取已成的世界，那是我們認爲不可醫治的。我們也不是想來試驗新村或新社會，預備感化或是替舊社會做改良標本，那是十九世紀的迂儒的夢鄉，我們也不打算進去空費時間的；並且那是訓練童子軍的性質，犧牲了多數人供一個人的幻想的試驗的。我們的如其是一個運動，這決不是爲青年的運動，而是青年自動的運動，青年自已的運動，只是一個自尋救度的運動。

你說什麼，朋友，這就是怪誕的幻想，荒謬的夢不是？不錯，這也許是現代青年反抗物質文明的理想，而且我敢說多數的青年在理論上多表同情的；但是不忙，朋友，現有一個實例，我要乘便說給你聽聽，——如其你有耐心。

十一年前一個冬天在德國漢奴佛（Hanover）相近一個地方，叫做Cassel，有二千多人開了一個大會，討論他們運動的宗旨與對社會，政治，宗教問題的態度，自從那次大會以後這運動的勢力逐漸張大，現在已經有一百多萬的青年男女加入——這就叫做Jegendbewegung『青年運動』，雖則德國以外很少人明白他們的性質。我想這不僅是德國人，也許是全歐洲的一個新生機，我們應得特別的注意。『西方文明的墜落只有一法可以挽救，就在繼起的時代產生新的精神的與生命的勢力』。這是福士德博士說的話，他是這青年運動裏的一個領袖，他著一本書叫做 Jugendseele，專論這運動的。

現在德國鄉間常有一大羣的少年男子與女子，排着隊伍，彈着六絃琵琶唱歌，他們從這一鎭遊行到那一鎭，晚上就唱歌跳舞來交換他們的住宿，他們就是青年運動的游行隊，外國人見了只當是童子軍性質的組織，或是一種新式的吉婆西（Gipsy），但這是僅見外表的話。

德國的青年運動是健康的年輕男女反抗現代的墜落與物質主義的革命運動，初起只是反抗家庭與學校的專權，但以後取得更哲理的涵義，更擴大反叛的範圍，簡直決破了一切人爲的制限，要赤裸裸的造成一種新生活。最初發起的是加爾菲暄（Karl Fischer of Steglitz），但不久便野火似的燒了開去，現在單是雜誌已有十多種，最初出的叫作 Wandervogel

這運動最主要的意義，是要青年人在生命裏尋得一個精神的中心(the spiritual center of life)一九一三年大會的銘語是『救渡在於自已教育』(Salvation lies in Self-Education)『讓我們重新做人。讓我們脫離狹穿的腐敗的政治組織，讓我們拋棄近代科學專們的物質主義的小徑，讓我們拋棄無靈魂的知識鑽研。讓我們重新做活著的男子與女子。』他們並沒有改良什麼的方案，他們禁止一切有具體目的的運動；他們代表一種新發現的思路，他們旨意在於規復人生原有的精神的價直。『我們的大指是在離却墜落的文明，回向自然的單純，離却一切的外眘，回向內心的自由，離却空虛的娛樂，回向眞純的歡欣，離却自私主義，回向友愛的精神，離却一切懈弛的行為，回向鄭重的自我的實現。我們尋求我們靈魂的安頓，要不愧於上帝，不愧於己，不愧於人，不愧於自然。』『我們卽使存心救世，我們也得自已重新做人。』

這運動最顯著亦最可驚的結果是確實的產生了眞的新青年，在人羣中狠容易指出，他們顯示一種生存的歡欣，自然的熱心，愛自然與樸素，愛田野生活。他們不飲酒，（德國人原來差不多沒有不飲酒的）不吸煙，不沾城市的惡習。他們的娛樂是彈着琵琶或是拉着梵和玲唱歌，踏步遊行跳舞或集會討論宗教與哲理問題。跳舞最是他們的特色。往往有大羣的遊行隊，徒步游歷全省，到處歌舞，有時也邀本地人參加同樂——他們復活了可讚美的提昂尼辛的精神！

這樣偉大的運動不能不說是這黑魆魆的世界裏的一瀉清輝，不能不說是現代苟且的厭世的生活（你們不曾到過柏林與維也納的不易想像）一個莊嚴的警告，不能不說是舊式社會已經蛀爛的根上重新爆出來的新生機，新萌芽；不能不說是全人類理想的青年的一個安慰，一個興奮，爲他們開闢了一條新鮮的愉快的路徑；不能不說是一個新的潔淨的人生觀的產生。我們要知道在德國有幾十萬的青年男女，原來似乎命定做機械性的社會的終身奴隸，現在却做了大自然的寵兒，在寬廣的天地間感覺新鮮的生命的跳動，原來只是屈伏在蠢拙的家庭與教育的桎梏下，現在却從自然與生活本體接受直接的靈感，像小鹿似的活潑，野鳥似的歡欣，自然的教訓是潔淨與樸素與率眞，這正是近代文明最缺乏的原素。他們不僅開發了各個人的個性，他們也規復了德意志民族的古風，在他們的歌曲，舞蹈，游戲，故事，與禮貌中，在靑年們的性靈中，古德意志的優美，自然的精神又取得了眞純的解釋與標準。所以城市生活的墮落，淫縱，耗費，奢侈，飾僞，以及危險與恐怖，不論他們傳染性怎樣的劇烈，再也沾不著潔淨的青年，道德家與宗教家的教訓只是消極的强勉的，他們的覺悟是自動的，自然的，根本的，這運動也產生了一種眞純的友愛的情誼在年輕的男子與女子間，一種新來的大同的情感，不是原因於主義的激刺或黨規的強迫，而是健康的生活裏自然流露的，乳酪，潔淨是他們的生活的纖微，愉快是營養。

我這一直感想寫完了，從我自己的野遊蔓延到德國的青年運動，我想我再沒有加案語的必要，我只要重復一句濫語——民族的希望就在自覺的青年。

志摩，正月二十四日。

「話」

絕對的值得一聽的話，是從不曾經人口說過的；比較的值得一聽的話，都在偶然的低聲細語中；相對的不值得一聽的話，是有規律有組織的文字結搆；絕對不值得一聽的話，是用不經修練，又粗又蠢的噪音所發表的語言。比如：正式會集的演說，不論是運動女子參政或是宣傳色彩鮮明的主義；學校裏講台上的演講，不論是山西鄉村裏訓閻閻聖人用民主義的冬烘先生的法寶，或是穿了前紅後白道袍方巾的博士衣的瞎扯；或是充滿了烟士披里純開口天父閉口阿門的講道——都是屬於我所說最後的一類：都是無條件的根本的絕對的不值得一聽的話。歷代傳下來的經典，大部分的文學書，小部分的哲學書，都是末了第二類——相對的不值得一聽的話。至於相對的可聽的話，我說大概都在偶然的低聲細語中：例如眞詩人夢境最深——詩人們除了做夢再沒有正當的職業——神魂遠在祥雲漂渺之間那時候隨意吐露出來的零句斷片，英國大詩人宛茨渥士所謂茶壺煮沸時嗤嗤的徵音；最可以象徵入神的詩境——例如李太白的，我醉欲眠卿且去明朝有意抱琴來，或是開茨的．Then I Shut her wild, wild eyes with kisses four你們知道宛次宛士和雪萊他們不朽的詩歌，大都是在田野間，海灘邊，樹林裏，獨自徘徊着像離魂病似的自言自語的成績；法國的波特萊亞，凡爾崙他們精美無比的妙句，狠多是受了烈性的麻醉劑——大麻或是鴉片——影響的結果。這種話比較的狠值得一聽。還有青年男女初次受了頑皮的小愛神箭傷以後心跳肉顫面紅耳赤的在花蔭間，在課室內，或在月涼如洗的墓園裏，含着一包眼淚吞吐出來的——不問怎樣的不成片段，怎樣的違反文法——往往都是一顆顆希有的珍珠，眞情眞理的凝品。但諸君要聽明白了，我說値得一聽的話大都是在偶然的低聲和語中，不是說凡是低聲和語都是値得一聽的，要不然外交廳屏風後的交頭接耳，家裏太太月底月初枕頭邊的小囉唆，都有了詩的價値了！

絕對的値得一聽的話，是從不曾經人口道過的。整個的宇宙，只是不斷的創造；所有的生命，只是個性的表現。眞消息，眞意義，內蘊在萬物的本質裏，好像一條大河，網絡似的支流，隨地形的結構，四方錯綜着，由大而小，由小而微，由微而隱，由有形至無形，由可數至無限，但這看來極複雜的組織所表明的只是一個單純的意義，所表現的只是一體活潑的精神；這精神是完全的，整個的，實在的；唯其因爲是完全整個實在而我們人的心力智力所能運用的語言文字，只是不完全非整個的，模擬的，象徵的工具，所以人類幾千年來文化的成績，也只是想猜透這大迷謎似是而非的各種的嘗試。人是好奇的動物；我們的心智，便是好奇心活動的表現。這心智的好奇性便是知識的起原。一部知識史，只是歷盡了九九八十一大難却始終沒有望見極樂世界求到大藏眞經的一部西游記。說是快樂吧，明明是刼難相承的苦惱，說是苦惱，苦惱中又分明有無限的安慰。我們各個人的一生便是人類全史的縮小，雖則不敢說我們都是尋求眞理的合格者，但至少我們的胸中，在現在生命的出發時期，總應該培養一點尋求眞理的誠心，點起一盞尋眞求理的明燈，不至於在生命的道上只是暗中摸索，不至於盲目的走到了生命的盡頭，什麼發見都沒有。

但雖則眞消息與眞意義是不可以人類智力所能運用的工具——就是語言文字——來完全表現，同時我們又感覺內心尋眞求知的衝動，想偵探出這偉大的秘密，想把宇宙與人生的究竟，當作一朵盛開的大紅玫瑰，一把抓在手掌中心，狠勁的緊擠，把花的色，香，靈肉，和我們自己愛美愛色愛香的烈情，絞和在一起，實現一個徹底的痛快；我們初上生命和知識舞台的人，誰沒有，也許多少深淺不同，浮士德的大野心，他想 discover the force that binds the world and guides its coures 誰不想在知識界裏，做一個籠捲一切的拿破崙？這種想爲王爲霸的雄心，都是生命原力內動的徵象，也是所有的大詩人大藝術家最後成功的預兆；我們的問題就在怎樣能替這一腔還在潛伏狀態中的活潑的蓬勃的心力心能，開闢一條或幾條可以盡情發展的方向，使這一盞心靈的神燈，一度點着以後，不但繼續的有燃料的供給，而且能在狂風暴雨的境地裏，益發的光餤神明；使這初出山的流泉，漸漸的匯成活潑的小澗，沿路再並合了四方來蓄的支流，雖則初起經過崎嶇的山路，不免辛苦，但一到了平原，便可以放懷的奔流，成口成江，自有無限的前途了。

眞偉大的消息都蘊伏在萬事萬物的本體裏，要聽眞值得一聽的話，只有請教兩位最偉大的先生。

現放在我們面前的兩位大教授，不是別的，就是生活本體與大自然。生命的現象，就是一個偉大不過的神秘：牆角的草蘭，巖石上的苔蘚，北冰洋冰天雪地裏的極熊水獺，城河邊咶咶叫夜的水蛙，赤道上火餤似沙漠裏的爬蟲，乃至於瀰漫在大氣中的黴菌，大海底最微妙的生物；總之太陽熱照到或能透到的地域，就有生命現象。我們若然再看深一層，不必有菩薩的慧眼，也不必有神秘詩人的直覺，但憑科學的常識，便可以知道這整個的宇宙，只是一團活潑的呼吸，一體普遍的生命，一個奥妙靈動的整體。一塊極粗極醜的石子，看來像是全無意義毫無生命，但在顯微鏡底下看時，你就在這又粗又醜的石塊裏，發現一個神奇的宇宙，因爲你那時所見的，只是千變萬化顏色花樣各各不同的種種結晶體，組成藝術家所不能想像的一種排列；若然再進一層研究，這無量數的凝晶各個的本體，又是無量數更神奇不可思議的電子所組成：這裏面又是一個Cosmos，彷彿燦爛的星空，無量數的星球同時在放光輝在自由地呼吸著。

但我們決不可以爲單憑科學的進步就能看破宇宙結構的秘密。這是不可能的。我們打開了一處知識的門，無非又發現更多還是關得緊緊的，猜中了一個小迷謎，無非從這猜中裏又引起一個更大更難猜的迷謎，爬上了一個山峯，無非又發現前面還有更高更遠的山峯。

這無窮盡性便是生命與宇宙的通性。知識的尋求固然不能到底，生命的感覺也有同樣無限的境界。我們在地面上做人這場把戲裏，雖則是霎那間的幻象，却是有的是好玩，只怕我們的精力不夠，不會學得怎樣玩法，不怕沒有相當的趣味與報酬。

所以重要的在於養成與保持一個活潑無碍的心靈境地，利用天賦的身與心的能力，自覺的儘量發展生活的可能性。活潑無碍的心靈境界：比如一張绷緊的絃琴，掛在松林的中間，感受大氣小大快慢的動盪，發出高低緩急同情的音調。我們不是最愛自由最惡奴從嗎？但我們向生命的前途看時，恐怕不易使我們樂觀，除了我們一點無形無蹤的心靈以外，種種的勢力只是强迫我們做奴做隸的勢力：種種對人的心與責任，社會的習慣，機械的敎育，沾染的偏見，都像沙漠的狂風一樣，捲起滿天的砂土，不時可以把我們可憐的旅行人整個兒給埋了！

這就是宗敎家出世主義的大原因，但出世者所能實現的至多無非是消極的自由，我們所要的却不止此。我們明知向前是奮鬥，但我們却不肯做逃兵，我們情願將所有的精液，一齊發洩成奮鬥的汗，與奮鬥的血，只要能得最後的勝利，那時儘量的痛苦便是儘量的快樂。我們果然能從生命的現象與事實裏，體驗到生命的實在與意義；能從自然界的現象與事實裏，領會到造化的實在與意義，那時隨我們付多大的價錢，也是値得的了。

要使生命成爲自覺的生活，不是機械的生存，是我們的理想。要從我們的日常經驗裏，得到培保心靈擴大人格的資養，是我們的理想。要使我們的心靈，不但消極的不受外物的拘束與壓迫，並且永遠在繼續的自動，趨向創作，活潑無碍的境界，是我們的理想。使我們的精神生活，取得不可否認的實在，使我們生命的自覺心，像大雪天滾雪球一般的愈滾愈大，不但在生活裏能同化極偉大極深沈與極隱奥的情感，并且能領悟到大自然一草一木的精神，是我們的理想。使天賦我們靈肉兩部的勢力，盡性的發展，趨向最後的平衡與和諧，是我們的理想。

理想就是我們的信仰，努力的標準，果然我們能運用想像力爲我們自己懸擬一個理想的人格，同時運用理智的機能，認定了目標努力去實現那理想，那時我們在奮鬥的經程中，一定可以得到加倍的勇氣，遇見了困難，也不至於失望，因爲明知是題中應有的文章，我們的立身行事，也不必遷就社會已成的習慣與法律的範圍，而自能折中於超出尋常所謂善惡的一種更高的道德標準；我們那時便可以借用李太白當時躱在山裏自得其樂時答復俗客的妙句，落花流水杳然去，別有天地非人間！

我們也明知這不是可以偶然做到的境界；但問題是在我們能否見

到這境界，大多數人只是不黑不白的生，不黑不白的死，耗費了不少的食料與飲料，耗費了不少的時間與空間，結果連自己的臭皮囊都收拾不了，還要連累旁人；能見到的人已經不少，見到而能盡力做去的人當然更少，但這極少數人却是文化的創造者，便能在粱任公先生說的那把宜興茶壺裏留下一些不磨的痕跡。

我個人也許見言太偏僻了，但我實在不敢信人為的教育，他動的訓練，能有多大的價值：我最初最後的一句話，只是「自身體驗去」，眞學問眞知識决不是在教室中書本裏所能求得的。

大自然才是一大本絕妙的奇書，每張上都寫有無窮無盡的意義，我們只要學會了研究這一大本書的方法，多少能夠了解他內容的奥義，我們的精神生活就不怕沒有資養，我們理想的人格就不怕沒有基礎。但這本無字的天書决不是沒有相當的準備就能一目了然的：我們初識字的時候，打開書本子來，只見白紙上畫的許多黑影，那裏懂得什麽意義。我們現有的道德敎育裏那一條訓條，我的不能在自然界感到更深徹的意味，更親切的解釋？每天太陽從東方的地平上升，漸漸的放光，漸漸的放彩，漸漸的驅散了黑夜，掃蕩了滿天沈悶的雲霧，雲剎間臨照四方，光滿大地；這是何等的景象？夏夜的星空，張着無量數光芒閃鑠的神眼，襯出浩渺無極的蒼穹；這是何等的偉大景象？大海的濤聲不住的在呼嘯起落：這是何等偉大奧妙的景象？高山頂上一體的純白，不見一些雜色，只有天氣飛舞着，雲彩變幻着，這又是何等高尚純粹的景象？小而言之，就是地上一顆極賤的草花，他在春風與豔陽中搖曳着，自有一種莊嚴愉快的神情，無怪詩人見了，甚至內感『非涕淚所能宣洩的情緒』。宛次宛士說的自然『大力回容，有鎭馴矯飭之功』，這是我們的眞敎育。但自然最大的敎訓，尤在『凡物各盡其性』的現象。玫瑰是玫瑰，海棠是海棠，魚是魚，鳥是鳥，野草是野草，流水是流水；各有各的特性，各有各的效用，各有各的意義。仔細的觀察與悉心體會的結果，不由你不感覺萬物造作之神奇，不由你不相信萬物的底裏是有一致的精神流貫其間，宇宙是合理的組織，人生也無非這大系統的一個關節。因此我們也感想到人類也許是最無出息的一類。一莖草有他的嫵媚，一塊石子也有他的特點，獨有人反祇是庸生庸死，大多數非但終身不能發揮他們可能的個性，而且遺下或是醜陋或是罪惡一類不潔淨的蹤跡，這難道也是造物主的本意嗎？

我前面說過所有的生命祇是個性的表現。只要在有生的期間內，將天賦可能的個性盡量的實現，就是造化旨意的完成。我這幾天在留心我們館裏的月季花，看他們結苞，看他們開放，看他們逐漸的癒開，看她們逐漸的憔悴，逐漸的零落。我初動的感情覺得是可悲，何以美的幻象這樣的易滅，但轉念却覺得不但不必為花悲，而且感悟了自然生生不已的妙意。花的責任，就在集中她春來所吸受陽光雨露的精神，開成色香兩絕的好花，精力完了便自落地成泥，圓滿功德，明年再來過。只有不自然的被摧殘了，不能實現他自傲色香的一兩天，那才是可傷的耗費。

不自然的殺滅了發長的機會，才是可惜，才是違反天意。我們青年人應該時時刻刻把這個原則放在心裏。不能在我生命裏實現人之所以為人，我對不起自己。在為人的生活裏不能實現我之所以為我，我對不起生命；這個原則我們也應該時時放在心裏。

我們人類最大的幸福與權力，就是在生活裏有相當的自由活動，我們可以自覺的調劑，整理，修飾，訓練我們生活的態度，我們既然了解了生活只是個性的表現，只是一種藝術，就應得利用這一點特權將生活看作藝術品，謹愼小心的做去。運命論我們是不相信的，但就是相面算命先生也還承認心有改相致命的力量。環境論的一部分我們不得不承認，但是心靈支配環境的可能，至少也與環境支配生活的可能相等，除非我們自願讓物質的勢力整個兒撲滅了心靈的發展，那才是生活裏最大的悲慘。

我們的一生不成材不碍事：材是有用的意思；不成器也不碍事，器也是有用的意思。生活却不可不成品，不成格，品格就是個性的外現，是對於生命本體，不是對於其餘的標準，例如社會家庭——直接擔負的責任；橡樹不是榆樹，翠鳥不是鴿子，各有各的特異的品格。在造化的觀點看來，橡樹不是爲櫃子衣架而生，鴿子也不是爲我們愛吃五香鴿子而存，這是他們偶然的用或被利用，物之所以爲物的本義是在實現他天賦的品性，實現內部精力所要求的特異的格調。我們生命裏所包涵的活力，也不問你在世上做將做相做資本家做勞動者做國會議員做大學教授，而只要求一種特異品格的表現，獨一的，自成一體的，不可以第二類相比稱的，猶之一樹上沒有兩張絕對相同的葉子，我們四百萬萬人裏也沒有兩個相同的鼻子。

而要實現我們眞純的個性，決不是僅僅在外表的行爲上務爲新奇務爲怪僻——這是變性不是個性——眞純的個性是心靈的權力能夠統制與調和身體，理智，情感，精神，種種造成人格的機能以後自然流露的狀態，在內不受外物的障碍，像分光鏡似的靈敏，不論是地下的泥砂，不論是遠在萬萬里外的星辰，只要光路一對準，就能分出他光浪的特性；一次經驗便是一次發明，因爲是新的結合，新的變化。有了這樣的內心生活，發之於外，當然能超於人爲的條例而能與更深奧却更實在的自然規律相呼應，當然能實現一種特異的品與格，當然能在這大自然的系統裏盡他特異的貢獻，證明他自身的價值。懂了物各盡其性的意義再來觀察宇宙的事物，實在沒有一件東西不是美的，一葉花是美的不必說，就是毒性的蟲比如蝎子比如螞蟻都是美的。只有人，造化期望最深的人，却是最辜負的，最使人失望的，因爲一般的人，都是自暴自棄，非但不能盡性，而且到底總是糟塌了原來可以爲美可以爲善的本質。

慚愧呀，人！好好一個可以做好文章的題目，却被你寫做一篇一竅不通的濫調；好好一個畫題，好好一張帆布，好好的顏色，都被你塗成奇醜不堪的濫畫；好好的雕刀與花岡石，却被你斲成荒謬惡劣的怪像！好好的富有靈性可以超脫物質與普遍的精神共化永生的生命，却被你糟塌褻瀆成了一種醜陋庸俗卑鄙齷齪的廢物！

生活是藝術。我們的問題就在怎樣的運用我們現成的材料，實現我們理想的作品；怎樣的可以像密佗郎其羅一樣，取到了一大塊礦山裏初開出來的白石，一眼望過去，就看出他想像中的造像，已經整個的嵌穩著，以後只要下打開石子把他不受損傷的取了出來的工夫就是。所以我們再也不要抱怨環境不好不適宜，阻礙我們自由的發展，或是教育不好不適宜，不能奬勵我們自由的發展。發展或是壓滅，自由或是奴從，眞生命或是苟活，成品或是無格——一切都在我們自己，全看我們在青年時期有否生命的覺悟，能否培養與保持心靈的自由，能否自覺的努力，能否把生活當作藝術，一筆不苟的做去。我所以囘反重復的說明眞消息眞意義眞教育決非人口或書本子可以宣傳的，只有集中了我們的靈感性直接的一面向生命本體，一面向大自然耐心去研究，體驗，審察，省悟，方才可以多少了解生活的趣味與價值與他的神聖。

因爲思想與意念，都起於心靈與外象的接觸：創造是活動與變化的結果。眞純的思想是一種想像的實在，有他自身的品格與美，是心靈境界的彩虹，是活著的胎兒。但我們同時有智力的活動，感動於內的往往有表現於外的傾向——大畫家米萊氏說深刻的印象往往自求外現，而且自然的會尋出最強有力的方法來表現——結果無形的意念便化成有形可見的文字或是有聲可聞的語言，但文字語言最高的功用就在能象徵我們原來的意念，他的價值也止於憑藉符號的外形暗示他們所代表的當時的意念。而意念自身又無非是我們心靈的照海燈偶然照到實在的海裏的一波一浪或一島一嶼。文字語言本身又是不完善的工具，再加之我們運用駕馭力的薄弱，所以文字的表現狠難得是勉強可以滿足的。我們隨便翻開那一本書，隨便聽人講話，就可以發現各式各樣的文字障，與語言習慣障，所以既然我們自己用語言文字來表現內心的現象已經至多不過勉強的適用，我們如何可以期望滿心只是文字障與語言習慣障的他人，能從呆板的符號裏領悟到我們一時神感的意念。佛教所以有禪宗一派，以不言傳道，是狠可尋味的——達摩面壁十年。就在解脫文字障直接明心見道的工夫。現在的所謂教育尤其是離本更遠，即使教育的材料最初是有多少活的成分，但經了幾度的轉換，無意識的傳授，只能變成死的訓條——穆勒約翰說的 Dead dogma 不是 living idea 我個人所以根本不信任人為的教育能有多大的價值，對於人生少有影響不用說，就是認為灌輸知識的方法，照現有的教育看來，也免不了硬而且蠢的機械性。

但反過來說，既然人生只是表現，而語言文字又是人類進化到現在比較的最適用的工具，我們明知語言文學如同政府與結婚一樣是一件不可免的沒奈何事，或如尼采說的是『人心的牢獄』，我們還是免不了他。我們只能想法使他增加適用性，不能拋棄了不管。我們只能做兩部分的工夫，一方面消極的防止文字障語言習慣障的影響；一方面積極的體驗心靈的活動，極謹慎的極嚴格的在我們能運用的字類裏選出比較的最確切最明瞭最無疑義的代表。

這就是我們應該應用「自覺的努力」的一個方向。你們知道法國有個大文學家弗洛貝爾，他有一個信仰，以爲一個特異的意念只有一個特異的字或字句可以表現，所以他一輩子艱苦卓絕的從事文學的日子，只是在尋求唯一適當的字句來代表唯一相當的意念。他往往不喫飯不睡，呆呆的獨自坐着，絞着腦筋的想，想尋出他當心愜意的表現，有時他煩惱極了甚至想自殺，往往想出了神，幾天寫不成一句句子。試想像他那樣偉大的天才，那樣豐富的學識，尙且要下這樣的苦工，方才製成不朽的文學，我們看了他的榜樣不應該感動嗎？

不要說下筆寫，就是平常說話，我們也應有相當的用心——一句話可以洩露你心靈的淺薄，一句話可以證明你自覺的努力，一句話可以表示你思想的糊塗，一句話可以留下永久的印象。這不是說說話要漂亮，要流利，要有修詞的工夫，那都是不重要的：最重要的是對內心意念的忠實，與適當的表現。固然有了清明的思想，方能有清明的語言，但表現的忠實，與不苟且運用文字的決心，也就有糾正鬆懈的思想與警醒心靈的功效。

我們知道說話是表現個性極重要的方法，生活既然是一個整體的藝術，說話當然是這藝術裏的重要部分。極高的工夫往往可以從極小的起點做去，我們實現生命的理想，也未始不可從注意說話做起。

政治生活與王家三阿嫂

我這篇『政治生活與王家三阿嫂』是去年冬天在硤石東山脚下獨居時寫的。那時張君勱他們要辦一個月刊，問我要稿子，我就把這篇與另外兩篇一起交給了他。那是我的老實。那月刊定名叫『理想』。理想就活該永遠出不了版！我看他們成立會的會員名字至少有四五十個。都是『理想』會員！但是一天一天又一天，理想總是出不了娘胎，我疑心老實交過稿子去的就只我。後來我看情形不很像樣，所謂理想會員們都像是放平在爐火前地毯上打呼的貓——我獨自站在屋簷上豎起一根小尾巴生氣也犯不着。理想想沒了；竟許本來就沒有來。傷心！我就問收稿人還我的血本。他沒有理我。我催他不作聲，我逼他不開口。本來這幾篇零星文字是一大不值的，這一來我倒反而捨不得拿回了。好容易，好容易，原稿奉還。我猜想從此理想月刊的稿件抽屜可以另作別用了。理想早就埋葬了。

昨天在北海見着伏廬，他問我要東西，我說新作的全有主兒了，未來的也定出了，有的只是陳年老古董。他說好。舊的也可以將就。只要加上一點新注解就成。我回家來把這當古董校看了一遍。嘆了一聲氣。這氣歎得有道理的。你想一年前英國政治是怎樣，現在又是怎樣；我寫文的時候麥克唐諾爾德還不曾組閣，現在他已經退閣了；那時包爾溫讓人家譏評得體無完膚，現在他又回來做老總了，他們兩個人的進退並不怎樣要緊，但他們各人代表的思想與政策却是可注意的。『麥克』不僅有思想，他有理想；不僅有才幹，他有胆量。他很想打破說謊的外交，建設眞純的國際友誼。他的理想也許就是他這回失敗的原因，他對我們中國國民的誠意，就一件事就看出來。庚子賠款委員會裏面他特聘在野的兩個名人，狄更生與羅素。這一點就夠得上交情。現在壞了（參看現代評論第二期），包首相容不得思想與理想。管不到什麼國際感情；賠款是英國人的錢；即使退給中國也只能算是英國人到中國來化錢；英國人的利益與勢力首先要緊，英國人便宜了，中國人當然沾光。聽說他們已經定了兩種用途：一是揚子江流域的實業發展（鐵路等等）及實業敎育，一是傳敎。我們當然不勝感激涕零之至！虧他們替我們設想得這樣週到！發展實業意思是飽暖我們的肉體，補助傳道意思是飽暖我們的靈魂。

所以難怪悲觀者的悲觀。難得這裏那裏透了一絲一綫的光明。一轉眼又沒了。狄更生先生每回給我來信總有悲慘的話，這回他很關切我們的戰禍，但也不知怎的，他總以為東方人，尤其是中國人，比較總是有希望的，他對我們還不會絕望！歐洲總是難，他竟望不見平安的那一天，他說也許有那一天，但他自已及身（他今年六十三四）總是看不見的了。狄更生先生替人類難受。我們替他難受。羅素何嘗不替人類難受，他也悲觀；但他比狄更生便宜些，他會冷笑，他的譏諷是他針砭人類的利器。這回他給我的信上有一句冷話——I am amused at the Progress of Christianity in China.基督教在中國的進步真快呀！下去更有希望了，英國教會有了賠款幫忙，教士們的烟士披里純那得不益發的燦爛起來！別說基督將軍，基督總長，將來基督醬油基督麻油基督這樣基督那樣花樣多着哪，我們等着看吧。

所以我方才校看這篇文字。不由的歎了一聲長氣，時間裏的『愛倫內』眞多着理！這一段話與本文並沒有多大關係，隨筆寫來當一個冒頭就是。

十三年十二月二十六日

（一）

從前西方一位老前輩說，『人是一個政治的動物；』好比麻雀會得做窩，螞蟻會得造橋，人會得造社會，建設政治。這是一個有名的「人的定義」。那位老前輩的本鄉，是個小小的城子，周圍不過十里，人口不過十萬，而且這十萬人裏，眞正的『市民』不過四分之一，其餘不是奴隸，便是客民。但他們却眞是所謂『政治的動物』；邃他們造社會與建築政治的天才，和着地理與地勢的利便，他們在幾千年前，在現代歐美文明沒有出娘胎以前，已經爲未來政治的（現在不說文藝的或科學的）人類定下了一個最完善的模型，一個理想的標準，也可以說是標準的理想——實行的民主政治，或是實現的「共和國」。我們現在不來討論他們當時的奴隸問題；我們只在想像中羨慕他們政治的幸福，羨慕他們那座支配社會生活的機器的完美，運轉是敏捷的，管理是單簡的。出貨是乾淨的——而且又是何等的美觀！我們如其借用童話裏的那個神奇的玻璃球來看，我們就可以在二千年前時間的灰堆裏，掏出他們當時最有趣味的生活的活動寫眞。我們來看看這西洋鏡的玩藝。天氣約略是江南的五月初，黃梅漸已經過去，南風吹得暖暖的，穿單衣不冷，穿夾衣也不熱。他們是終年如此的，眞是「四時常春，風和日麗，」雨水都不常有的，所以他們公共會所如議會劇場市場都是禿頂沒有蓋的。城子中央是一個高岡，天生成花岡石打底的高阜，這上面留有人類的一個大紀念：最高明的建築，最高明的石刻，最高明的美術都在這裏；最高明的立法與行政的會場也在這裏；最高明的戲劇與最偉大最壯觀的劇場也在這里；最高明的哲學家，政治家，藝術家，詩人的踪跡也常在這裏。路上行人，很少戴帽的，有穿草鞋式的鞋的，有赤脚的，身上至多裹一塊方形的布當衣裳，往往一雙臂腿袒露在外，有從市場回家的，有到前輩家裏去領敎學問的，有到體育場去擲鐵餅或賽跑的，有到公共浴所去用雕花水瓶澆身的，有到（如其是春天，春天是節會與共樂的時候）大戲場上去占坐位的，有到某剃頭店或某銅匠店舖子裏去找朋友閑談的，有出城去到河沿樹蔭下散步的，有到高岡上觀覽美術的，有到親戚家去的婦女，前後隨從有無數男女僕役的，有應召的歌女，身披綵衣手弄絃琴的，有新來客民穿著異樣的服裝的，有鄉下來的農夫與牧童背着遮太陽的大涓笠，籥着趕牲畜的長竿，或是抗着新採的搾油用的橄欖果與橄欖葉

（他們不懂得咬生橄欖，廣東鄉下聽說到現在還是不會吃青果的！）一個個都像從畫圖上走下來的：：這一羣闊額角，闊肩膀，高鼻子，高身材的人類，在這個小小的城子裏，熙熙的樂生，活潑，愉活，閒暇，藝術是他們的天性，政治是他們的本能——他們的軀壳已經幾度的成灰成泥，但是他們的精神，却是和他們花崗石的高岡一樣的不可磨滅；像衣琴海上的薰風，永遠含有鼓舞新生命的祕密。

這不是演說烏託邦，這是實有的史蹟。那小城子便是鴉典，這人民便是古希臘人，說人是政治的動物的，便是亞里士多德。他們當時凡是市民（卽除外奴隸與客民）都可以出席議會，參與政治，起造不朽的巴戴廊（Parthenon）是羣衆議決的；舉菲地亞士（Phidias）做主任是羣衆決議的；籌畫打波斯的海軍政策是羣衆決議的；舉米梯亞士做將軍是羣衆決議的。這羣衆便是全城的公民，有錢的與窮人，做官的與做工的，經商的與學問家，剃頭匠與打鐵匠，法官與裁縫，蘇格拉底斯與阿理士道文尼斯，沙福克利士與衣司溝拉士，柏拉圖與綏克士諾豐……都是組成這獨一的共和政治的平等的分子。政治是他們的生活，是他們的共同的職業，是他們閒談的資料，是他們有趣的訓練。所以不論是在露天的議會裏列席，不論是在雜貨舖門口閑話，不論是在客廳裏倦倚在榻上飲酒雜談，不論是在某前輩私宅的方天井裏徘徊着討論學識，不論是在法庭上聽蘇格拉底士的審判，不論是在大劇場聽戲拿橘子皮或無花果去擲台上不到家的演員（他們喝倒彩的辦法），不論是在美術廳裏參觀菲地亞士最近的傑作，不論是在城外青楓樹蔭下溪水裏濯足時（蘇格拉底士最愛的）的詼諧——他們的精神是一致的，是樂生的，是建設的，是政治的。

（二）

但這是已往的希臘，我們只能如孔子所謂心嚮往之了。至於現代的政治，不論是國內的與國際的，都不是叫人起興的題目。我們東方人尤其是可憐，任清朝也好，明朝也好，政治的中國人（最近連文學與藝術的中國人都是）只是一隻串把戲的猴子，隨牠如何伶俐，如何會模仿，如何像人，猴子終究猴子，不是人，汝牠許會得穿起 褂子來坐在沙發椅上使用杯匙吃飯，就使牠自己是正經的，旁觀的總覺得滑稽好笑。根本一句話，因爲這種習慣不是野畜生的習慣，他根性裏沒有這種習慣的影子，也許憑人力選擇的科學與耐心，在理論上可以完全變化猴子的氣質，但這不是十年八年的事，明白人都明白的。

不但東方人的政治，就是歐美的政治，眞可以上評壇的能有多少。德國人太蠢，太機械性；法國人太淫，什麼事都任性幹去，不過度不肯休；南歐人太亂，只要每年萊因河兩岸的葡萄豐收。拉丁民族的頭腦永沒有清明的日子；美國人太陋，多數的節制與多數的愚闇，至多只能造成一個『感情作用的民主政治（Sentimental Democracy）。此外更不必說了。比較像樣的，只有英國。英國人可稱是現代的政治民族，這是大家都知道的。英國人的政治，好比白蟻蛀柱石一樣，一直囓入他們生活的根裏，在他們（這一點與當初的雅典多少相似），政治不但與日常生活有極切極顯的關係，我們可以說政治便是他們的生活，『魚相忘乎江湖，』英國人是相忘乎政治的。英國人是『自由』的，但不是激烈的；是保守的，但不是頑固的。自由與保守並不是衝突的，這是造成他們政治生活的兩個原則；唯其是自由而不是激烈，所以歷史上并沒有大流血的痕跡（如大陸諸國），而却有革命的實在，唯其是保守而不是頑固，所以雖則『不爲天下先』，而却沒有化石性的殭。但還類形容詞的泛論，究竟是不着邊際的，我們只要看他們實際的生活，就知道英國人是不是天生的政治的動物。我們初從美國到英國去的，最顯淺的一個感想，是英國雖則有一個叫名國王，而其實他們所實現的民主政治的條件，却遠在大叫大擂的美國人之上——英國人自己却是不以爲奇的。我們只要看一兩樁相對的情形。美國人對付社會黨的手段，與鄉下老太婆對付養媳婦一樣的慘酷，一樣的好笑。但是我們到禮拜日上午英國的公共場地上去看看：在每處廣場上東一堆西一堆的人羣，不是打拳頭賣膏藥，也不是變戲法，是各種的宣傳性質的演說。天主教與統一教與清教；保守黨與自由黨與勞工黨；贊成政府某政策與反對政府某政策的；禁酒令與威士克公司；自由戀愛與鮑爾雪微主義與救世軍：——總之種種相反的見解，可以在同一的場地上對同一的羣衆舉行宣傳運動；無論演講者的論調怎樣激烈，在旁的警察對他負有生命與安全與言論自由的責任，他們決不干涉。有一次蕭伯訥（四十年前）站在一隻肥皂木箱上冒着傾盆大雨在那裏演說社會主義，最後他的聽衆只賸了三四個穿雨衣的巡士！

這是他們政治生活的一班，但這還是最淺顯的。政治簡直是他們的家常便飯，政府裏當權的人名是他們不論上中下那一級的口頭禪。每天中下人家吃夜飯時老子與娘與兒女與來客討論的是政治，每天智識階級吃下午茶的時候，抽着煙斗，咬着牛油麵的時候談的是政治；每晚街角上酒店裏酒鬼的高聲的叫嚷——魯意喬治應該到地獄去！阿斯葵斯活該倒運！等等——十有八九是政治。（煙酒加了稅，煙鬼酒鬼就不願意。）每天鄉村裏工人的太太們站在路口閒話，也往往是政治（比如他們男子停了工，爲的是某某爵士在議會裏的某主張）。政治的精液已經和入他們脈管裏的血流。

我在英國的時候，工黨領袖麥克唐諾爾，在倫敦附近一個選區叫做烏主克的做候補員，他的對頭是一個政府黨，大戰時的一個軍官，麥氏是主張和平的，他在戰時有一次演說時腦袋都叫人打破。有一天我跟了賴世基夫人(Mrs Harold J.Laski)起了一個大早到那個選區去代麥氏『張羅』(Canvassing)(就是去探探選民的口氣，有游說餘地的，就說幾句話，並且預先估計得失機會)。我那一次得了極有趣味的經驗，此後我才深信英國人政治的訓練的確是不容易幾及的。我們至少敲了二百多家的門(那一時麥氏衣襟上戴着紅花坐着汽車到處的犇走，演說)，應門的有男有女，有老有小，但他們應答的話多少都有些分寸，大都是老練，鎭靜，有見地的。那邊的選民，很多是在烏立克兵工廠裏做工過活的，教育程度多是很低的，而且那年是第一次實行婦女選舉權，所以我益發驚訝他們政治程度之高。只有一兩家比較的不講理的婦人，開出門來臉上就不戴好看的顏色，一聽說我們是替工黨張羅的，爽性把臉子沉了下來，把門砰的關上了。但大概都是和氣的，很多說我們自有主張，請你們不必費心，有的狠情願與我們閑談，問這樣問那樣。有一家有一個爛眼睛的婦人，見我們走過了，對她們隣居說（我自己聽見）『你看，怪不得人家說麥克唐諾爾是賣國賊，這不是他利用「劇潑」（Jap即日本鬼意）來替他張羅！』

（三）

這一次英國的政治上，又發生極生動的變相。安置失業問題，近來成爲英國政府的唯一問題。因失業問題涉及貿易政策，引起歷史上屢現不一現的爭論，自由貿易與保守稅政策。保守黨與自由黨，又爲了一個顯明的政見的不同，站在相對地位；原來分裂的自由黨，重復團圓，阿斯葵斯與魯意喬治，重復親吻修好，一致對敵。總選舉的結果，也給了勞工黨不少的刺激，益發鼓動他們幾年來蘊涵着的理想。我好久不看英國報了，這次偶然翻閱，只覺得那邊無限的生趣，益發對比出此地的陋與悶，最有趣的是一位戲劇家（A. A. Milne）的一篇諷文章，很活現的寫出英國人政治活動的方法與狀態，我自己看得笑不可仰，所以把他翻譯過來，這也是引起我寫這篇文字的一個原因。我以為一個國總要像從前的雅典，或是現在的英國一樣，不說有智識階級，就這次等階級社會的婦女，王家三阿嫂與李家四大媽等等，都感覺到政治的興味，都想强勉他們的理解力，來討論現實的政治問題，那時才可以算是有資格試驗民主政治，那時我們才可以希望「賣野人頭」的革命大家與做統一夢的武人歸他們原來的本位，憑着心智的清明來清理政治的生活。這日子也許很遠，但希望好總不是罪過。

保守黨的統一聯合會，爲這次保護稅的問題，出了一本小冊子，叫做『隔着一梁園牆』（"Over the Garden Wall"），裏面是兩位女太太的談話，假定說是王家三阿嫂與李家四大媽，三阿嫂是保守黨。她把爲什麼要保護貿易的道理講給四大媽聽，末了四大媽居然聽懂了。那位滑稽的密爾商先生就借用這個題目，做了一篇短文，登在十二月一日的『倫敦國民報』——The nation and the Athenaeum——裏，挖苦保守黨這種宣傳方法，下面是翻譯。

她們是緊隣；因爲他們後園的牆頭很低，她們常常可以隔着園牆談天。你們也許不明白她們在這樣的冷天，在園裏有什麼事情幹，但是你不要忙，他們在園裏是有道理的。這分明是禮拜一，那天李家四大媽剛正洗完了衣服，在園裏掛上晒繩去。王家三阿太，我猜起來，也在園裏把要洗的衣服包好了，預備送到洗衣作裏去的。三阿太分明是家境好些的。我猜想她家裏是有女用人的，所以她會有工夫去到聯合會專為婦女們的演講會去到會，然後回家來再把聽來的新聞隔着園牆講給四大媽聽，四大媽自己看家，沒有工夫到會。大冷天站在園裏當然是不會暖和的，並且還要解釋這樣回答那樣，隔壁那位太太正在忙着洗衣服，她自己頭頸上圍着她的海獺皮圍巾；但是我想像三阿太站在那裏，一定不時的哈氣着她凍冷的手指，並且心裏還在抱怨四大媽的家境太低；或是她自己的太高，否則，她們倒可以舒舒服服，坐在這家或是那家的灶間裏講話，省得在露天冒風着冷。但是這可不成功。上帝保佑統一黨，讓鄰居保留她名分的地位。李家四大媽有一個可笑的主意（我不知道她那裏來的，因為她從不出門），她以為在這個國度裏，要是實行了保護政策，各樣東西一定要貴，我料想假如三阿太有這樣勇氣，老實對她說不是的，保護稅倒反而可以使東西着實便宜，那時四大媽一定一面從她口裏取出一隻木釘，把她男人的襯褲別在繩子上，一面回答三阿太說「嗅那就好了，」下回她要去投票，她準投統一黨了；這樣國家就有救了。但是在這樣的天氣站在園子裏，不由得三阿太或是任何人挫氣。三阿太哈着她的手指，她決意不冒險。她情願把開會的情形從頭至尾講一個清楚。東西是不會得認眞的便宜多少，但是——嗱，你聽了就明白了。

我恐怕她過於自信了。

所以三阿太就開頭講，她說外國來的工人，比我們自己的便宜，因爲工會（「可不是！」她急急的接着說）一定要求公平的工資，短少的工作時間，以及工廠裏的種種設備——她忽然不說下去了，心裏在遲疑不知道說對了沒有。四大媽轉過身子去，這一會兒她像是要開口問什麼蠢話似的；可是並不。她轉過身去，也就把她小兒子亨利的襯褲，從衣鑑裏拿了出來。一面王三阿太立定主意把在保護政策的國家的工資，工時，工廠設備等等暫時放開不提，她單是說國家是要採用了保護政策，她們的出貨一定便宜得多。結果怎麼樣呢。「你同我以及所有做工的婦人臨到買東西的時候，就揀頂便宜的買，再也不想想——意思說是買外國貨。「不一定不想，」四大媽確定的說。三阿太老實說她的小冊子上是什麼說。照書上寫着，四大媽在這裏是不應得插嘴的。這一路的解說都是不容易的。總選舉要是在夏天多好！在這樣大冷天叫誰用心去？這段話也不容易講不是？但是她最末了的那句話，至少是沒有錯兒；這不是在小冊子上明明的印着：「你與我以及所有做工的婦人都揀到最便宜的東西買再也不想想。」再也不想想，眞是的！一個做工的婦人臨到買東西不想想，還叫她想什麼去？

那是閑話，再來正經，四大媽還不明白大家要是儘買便宜的外國貨，結果便怎麼樣。她要是眞不明白，讓她別害怕，老實的說就是。三阿太是婦女工會裏的會員，她最願意講解給她聽。

四大媽懂得。結果貨物的價錢愈落愈低。

三阿太又着急的翻開了那本小冊子來對，但是這一次四大媽的答話沒有錯。現在來打她一下。

不，四大媽，平常人的想法就錯在這兒。市上要是只有便宜的外國貨，我們就沒有得錢去買東西，因爲我們的丈夫就要沒有事情做，攢不了錢了。』四大媽是打倒了。不，她並不是。她亮著嗓音說她的丈夫還是有事情做並沒有失業。這女人多麻煩！她的男人是怎麼回事？小冊子裏並沒有提起他。三阿太只當做沒有聽見男人不男人，只當她說（她應該那麼說要是她知道小冊子上是這樣的派定她），『你倒講一講裏面的道理給我聽聽，』三阿太抽了一口長氣，講給她聽了。『要是我們都買外國貨，那就沒有人去買英國本國工人做的東西了；既然沒有人買，也就沒有人做了，這不是工作少了，我們自己大部分的工人就沒有事情做了；這不是我們化了錢讓德國法國美國的工人喫得飽飽賺得滿滿的，我們自己人倒是失了業，捱餓。可不是！這你沒有法子反駁了不是？』

這是不一定。四大媽轉過身來說，『你說什麼，我的乖？』這一來三阿太可是眞不願意了。她說『嗅嘿！』這不是小册子上規定的，但方才不多一忽兒四大媽曾經歎了一聲完完全全的『哼呼！』三阿太心裏想（我想她想得對的）在這種情形之下，她也應分來一個『嗅嘿！』

你說什麼來了？乖呀？這風吹過衣服來把我的頭都蒙住了。我像是聽你說什麼做工。你也說天冷，是不是你哪？天這麼冷，你又沒有事做，何必跑到園裏來冒凉呢。』三阿太頓她的脚。

『有的是。』我分該跑出來，把統一黨的保護政策的道理講給你聽。我說「只要你耐心的聽一忽兒，我就簡簡單單的把這件事講給你聽。」可是你又不耐心聽，你應該是這麼說的：——「可不是，三阿太！夠明白了。你這麼一講，我全懂得了。」可是你又沒有那麼說！你倒反而儘在叫着我乖呀，乖呀。我也說，『所以頂好是去做一個統一黨聯合會的女會員，去到她們的會裏，你瞧！什麼事你都明白得了。在那兒！我自己就虧到了會才明白。』我全懂得怎麼樣！我們要是一加關稅，外國貨就不容易進來，我們自己的勞工就受了保護不是？

再說他們要是進來，就替我們完稅，我們還得讓自己屬地澳大利亞洲的進口貨不出錢，省得自己搶自己的市場；還有什麼『報復丰義』，這就是說外國貨收稅，保護了自己的工人，替我們完了稅，獎勵了帝國的商業，這就可以利用來威嚇外國。我全懂得，頂明白——可是你現在只叫着我乖呀，乖呀，一面我冷得凍冰，我本沒有人家那麼强壯，我想這眞是不公平。』她眼淚都出來了。『得了，得了，我的乖！』四大媽說。『你快進屋子去，好好的喝一杯熱茶。』……喔，我說我就有一句話要問你。

『不要太難了；』三阿太哽咽着說。『別急，乖呀。我就不懂得爲什麼他們叫做統一黨黨員？三阿太趕緊跑回她的灶間去了。

（四）

王家三阿太是已經逃回她的暖和的灶間去了；李家四太媽也許還在園裏收拾她的衣服，始終沒有想通什麼叫做統一黨，也沒有想淸楚保護究竟是便宜還是吃虧，也沒有明白這麼大冷天隔壁三阿太又不晒衣服，冒着風站在園裏爲的是什麼事……這都是不相干的，我們可以不管。這篇短文，是一篇絕妙的嘲諷文章，刻薄盡致，詼諧亦盡致，他在一二千個字裏面，把英國中下級婦女初次參與政治的頭腦與心理以及她們實際的生活，整個兒極活現的寫了出來。王家三阿太分明比她的隣居高明得多，她很要爭氣，很想替統一黨（她的黨）盡力，憑着一本小册子的法寶，想說服她的比隣，替統一黨要多掙幾張票。但是這些政治經濟政策以及政黨張羅的玩意兒，三阿太究竟懂得不懂得，她自己都不敢過分的相信——所以結果她只得逃回去烤火！

這種情形是實在有的。我們儘管可憐三阿太的勞而無功，儘管笑話四大媽的冥頑不靈，但如果政治的中國能夠進化到量米燒飯的平民都有一天感覺到政治與自身的關係，也會得仰起頭來，像四大媽一樣，問一問究竟統一黨聯合會是什麼意思，——我想那時我們的政治家與教育家（果眞要是他們的功勞）就不妨着實挺一挺眉毛了。

守舊與「玩」舊

（一）

走路有兩個走法：一個是跟前面人走，信任他是認識路的，一個是走自己的路，相信你自己有能力認識路的。謹慎的人往往太不信任他自己；有胆量的人往往過分信任他自己。爲便利計，我們不妨把第一種辦法叫作古典派或舊派，第二種辦法叫作浪漫派或新派。在文學上，在藝術上，在一般思想上，在一般做人的態度上，我們都可以看出這樣一個分別，這兩種辦法的本身，在我看來，並沒有什麽好壞，這只是個先天性情上或後天嗜好上的一個區別；你也許誇他自己尋路的有勇氣，但同時就有人罵他狂妄；你也許罵跟在人家背後的人寒傖，但同時就有人誇他穩健。應得留神的就只一點：就只那個「信」字是少不得的，古典派或舊派就得相信——完全相信——領他路的那個人是對的，浪漫派或新派就得相信——完全相信——他自己是對的，沒有這點子原始的信心，不論你跟人走，或是你自己領自己，走出道理來的機會就不見得多，因爲你隨時有叫你心裏的懷疑打斷興會的可能；並且即使你走着了也不算希奇，因爲那是碰巧，與打中白鴿票的差不多。

（二）

在思想上抱住古代直下來的幾根大柱子的，我們叫作舊派。這手勢本身並不怎樣的可笑，但我們却盼望他自己確鑿的信得過那幾條柱子是不會倒的。並且我們不妨進一步假定上代傳下來的確有幾根靠得住的柱子，隨你叫它綱，叫它常，禮或是敎，愛什麽就什麽；但同時因爲在事實上有了眞的便有假的，那幾根眞靠得住的柱子的中間就夾着了加倍加倍的幻柱子，不生根的，靠不住的，假的。你要是抱錯了柱子，把假的認作眞的，結果你就不免伊索寓言裏那條笨狗的命運：他把肉骨頭在水裏的影子認是眞的，差一點叫水淹了它的狗命。但就是那狗，雖則笨，雖則可笑，至少還有它誠實的德性：它的確相信那河裏的骨頭影子是一條眞骨頭：假如，譬方說，伊索那條狗曾經受過現代文明敎育，那就是說學會了騙人上當。明知道水裏的不是眞骨頭，却偏偏裝出正經而且大量的様子，示意與他一同站在橋上的狗朋友們，他們碰巧是不受敎育的因此容易上人當，叫他們跳下水去喫肉骨頭影子，它自己倒反站在旁邊看趣劇作樂，那時我們對它的舉勵能否拍掌，對它的態度與存心能否容許？

（三）

寓言是給有想像力並且有天生幽默的人們看的，它內中的比喻是『不傷道』的；在寓言與童話裏——我們竟不妨加一句在事實上——就有許多畜生比普通人們——如其我們沒有一個時候忘得了人是宇宙的中心與一切的標準——更有道德，更誠實，更有義氣，更有趣味，更像人！

（四）

上面說完了原則，使用了比方，現在要應用了。在應用之先，我得介紹我說這番話的緣由。『孤桐』在他的『再疏解輯義』——甲寅周刊第十七期——裏有下面幾節文章——

……凡一社會能同維秩序，各長養子孫，利害不同，而遊刃有餘，賢不肖渾殽而無過不及之大差，雍容演化，卽於繁祉，共遊一藩，不爲天下裂，必有共同信念以爲之基，基立而搆興，則相與飲食焉，男女焉，敎化焉，事爲焉，塗雖萬殊，要歸於一者也。茲信念者，亦期於有而已，固不必持絕對之念，本邏輯之律，以繩其爲善爲惡，或衷於理與否也。……（圈是原有的也是我要特加的。摩。）

……此誠世道之大憂，而深識懷仁之士所難熟視無睹者也。篤而論之，如耶敎者，其罅陋焉得言無；然天下之大，大抵上智少而中材多，宇宙之謎，既未可以盡明，因桀其不可明者，養人敬畏之心，取使彝倫之叙，乃爲憂世者意念之所必至，故神道設敎，聖人不得已而爲之，固不容於其義理，詳加論議也。

……過此以往，稍稍還醇返樸，乃情勢之所必然；此爲羣化消長之常，甲無所謂進化，乙亦無所謂退化，與愚曩舉轉義，蓋有合焉。夫吾國亦苦社會公同信念之搖落也甚矣，舊者悉毀而新者未生，後生徒恃己意所能判斷者，自立準裁，大道之憂，孰甚於是，愚爲此懼。論人懷己，趣申本義，昧時之譏，所不敢辭。

（五）

孤桐這次論的是美國田芮西州新近喧傳的那件大案；與他的『轉義有合』的是判决那案件的法官們所代表的態度，就是特舉的說，不承認我們人的祖宗與猴子的祖宗是同源的，因爲聖經上不是這麼說，並且這是最汚辱人類尊嚴的一種邪說。關於孤桐先生論這件事的批評，我這里暫且不管，雖則我盼望有人管，因爲他那文裏叙述兼論斷的一段話並不給我他對於任何一造有眞切了解的印象。我現在要管的是孤桐在這篇文章裏洩露給我們他自己思想的基本態度。

自分是『根器淺薄之流』，我向來不敢對現代『思想界的權威者』的思想存挑戰的妄念，甲寅記者先生的議論與主張，就我見得到看得懂的說，狠多是我不敢苟同的，但我這一晌只是忍着不說話。

同時我對於現代言論界裏有孤桐這樣一位人物的事實，我到如今爲止，認爲不僅有趣味，而且值得歡迎的。因爲在事實上得着得力的朋友固然不是偶然；尋着相當的敵手也是極難得的機會。前幾年的所謂新思潮只是在無抵抗性的空間裏流着；這不是『新人們』的幸運，這應分是他們的悲哀，因爲打架大部分的樂趣，認眞的說，就在與你相當的對敵切實較量身手的事實裏：你揪他的頭髮，他回揪你的頭毛，你臁空再去扼他的咽喉，制他的死命，那才是引起你酣興的辦法；這暴烈的衝突是快樂，假如你的力量都化在無反應性的空氣裏，那有什麽意思？早年國內舊派的思想太沒有它的保護人了，太沒有戰鬥的準備，退讓得太荒謬了；林琴南只比了一個手勢就叫敵營的叫囂嚇了回去。新派的拳頭始終不曾打着重實的對象；我個人一時間還猜想舊派竟許永遠不會有對壘的能耐。但是不，甲寅周刊出世了，它那勢力，至少就消數論，似乎超過了現行任何同性質的期刊物。我對於孤桐一向就存十二分敬意的，雖則明知在思想上他與我——如其我配與他對稱這一次——完全是不同道的。我敬仰他因爲他是個合格的敵人。在他身上，我常常想，我們至少認識了一個不苟且，負責任的作者，在他的文字裏，我們至少看着了舊派思想部分的表現。有組織的根據論辨的表現。有肉有筋有骨的拳頭，不再是林琴南一流棉花般的拳頭了；在他的思想裏，我們看了一個中國傳統精神的秉承者，牢牢的抱住幾條大綱，幾則經義，决心在『邪說橫行』的時代裏替往古爭回一個地盤；在他嚴刻的批評裏新派覺悟了許多一向不曾省察到的虛陷與弱點。不，我們沒有權利，沒有推托，來蔑視這樣一個認真的敵人，我常常這麼想，即使我們有時在他賣弄他的整套家數時，看出不少可笑的台步與累贅的空架。每回我想着了安諾爾德說牛津是『敗績的主義的老家』，我便想像到一輪同樣自傲的彩暈圍繞在甲寅周刊的頭頂；這一比量下來，我們這方倚仗人多的勢力倒反吃了一個幽默上的虧輪！不，假如我的祈禱有效力時，我第一就希冀甲寅周刊所代表的精神『億萬斯年』！

（六）

因爲兩極端往往有碰頭的可能。在哲學上，最新的唯實主義與最老的唯心主義發現了彼此是緊鄰的密切；在文學上，最極端的浪漫派作家往往暗合古典派的模型；在一般思想上，最激進的也往往與最保守的有聯合防禦的時候。這不是偶然；這裏面有深刻的消息。『時代有不同』，詩人勃蘭克說，『但天才永遠站在時代的上面』。『運動有不同』，英國一個藝術批評家說，『但傳統精神是綿延的。』正因爲所有思想最後的目的就在發見根本的評價標源，最漫浪（那就是最向個性裏來）的心靈的冒險往往只是發見眞理的一個新式的方式，雖則它那本質與最舊的方式所包容的不能有可稱量的分别。一個時代的特徵，雖則有，畢竟是暫時的，浮面的；這只是大海裏波浪的動盪，它那淵深的本體是不受影響的；只要你有胆量與力量沒透這時代的掀湧的上層你就淹入了靜定的傳統的底質，要能探險得到這變的底裏的不變，那才是攫着了驪龍的頷下珠，那才是勇敢的思想者最後的榮耀。舊派人不離口的那個『道』字，依我淺見，應從這樣的講法，才說得通，說得懂。

（七）

孤桐這回還有頂謹慎的棒出他的『大道』的字樣來作他文章的後鐿——『大道之憂，孰甚於是？』但是這回我自認我對於孤桐，不僅他的大道，並且他思想的基本態度，根本的失望了！而且這失望在我是一種深刻的幻滅的苦痛。美麗的安琪兒的腿，這樣看來，原來是泥做的！請看下文。

我舉發孤桐先生思想上沒有基本信念。我再重複我上面引語加圈的幾句；『……茲信念者亦期於有而已，固不必持絕對之念，本邏輯之律，以繩其爲善爲惡，或衷於理與否也。』所有唯心主義或理想主義的力量與靈感就在肯定它那基本信念的絕對性；歷史上所有殉道殉教殉主義的往例無非那幾個個人在確信他們那信仰的絕對性的眞切與熱奮中他們的考量便完全超軼了小己的利益觀念，欣欣的爲他們各人心目中特定的『戀愛』上十字架，進火燄，登斷頭台，服毒劑，嘗刀鋒，假如他們——不論是耶穌，是聖保羅，是貞德，勃羅諾，羅闌夫人，或是甚至蘇格臘底斯——假如他們各個人當初曾經有剎那間會悟到孤桐的達觀：『固不必持絕對之念』：那在他們就等於澈底的懷疑，如何還能有勇氣來完成他們各人的使命？

但孤桐已經自認他只是一個『實際政家』，他的職司，用他自己的辭令，是在『操剝復之機，妙調和之用』，這來我們其實『又何能深怪』？上當只是我自己。『我的腿是泥塑的』，安琪兒自己在那裏說，本來用不着我們去發見。一個『實際政家』往往就是一個『投機政家』，正因他所見的只是當時與暫時的利害，在他的口裏與筆下，一切主義與原則都失却了根本的與絕對的意義與價值，却只是為某種特定作用而姑妄言之的一套，背後本來沒有什麼思想的誠實，面前也沒有什麼理想的光彩。『作者手裏的題目』阿諾爾德說，『如其沒貫徹他的，他一定做不好：誰要不能獨立的運思，他就不會被一個題目所貫徹』。（Matthew Arnold: Fraface to Merope）如今在孤桐的文章裏，我們憑良心說，能否尋出些微『貫徹』的痕跡，能否發見些微思想的獨立？

（八）

一個自己沒有基本信仰的人，不論他是新是舊，不但沒權利充任思想的領袖，並且不能在思想界裏占任何的位置；正因為思想本身是獨立的，純粹性的，不含任何作用的，他那動機，我前面說過，是在重新審定，劈去時代的浮動性，一切評價的標準，與孤桐所謂『第二者（即實際政家）之用心：『操剝復之機，妙調和之用』，根本沒有關連。一個『實際政家』的言論只能當作一個『實際政家』的言論看；他所浮泅的地域，只在時代浮動性的上層！他的維新，如其他是維新，並不是根基於獨見的信念，為的只是實際的便利；他的守舊，如其他是守舊，他也不是根基於傳統精神的貫徹，為的也只是實際的便利。這樣一個人的態度實際上說不上『維』，也說不上『守』，他只是『玩』！一個人的弊病往往是在誇張過分；一個『實際政家』也自有他的地位，自有他言論的領域，他就不該侵入純粹思想的範圍，他尤其不該指著他自己明知是不定靠得住的柱子說『這是靠得住的，你們儘管抱去』，或是——再引喻伊索的狗——明知水裏的肉骨頭是虛影——因爲他自己沒有信念——却還慫恿橋上的狗友去跳水，那時他的態度與存心，我想，我們决不能輕易容許了吧！

列寧忌日——談革命

我這里收到陳毅曲秋先生寄來一篇油印的『紀念列寧』，那是他在列寧學會的談話稿，開頭是：——

1，列寧於一九二四，一月二十一日逝世，到了現在恰兩週年，值得我們紀念。

2，在這一年中的中國，國內的國民革命運動一天一天的高張擴大，五卅運動的爆發，反奉戰爭的勝利，全國軀段要求國民政府的普遍，廣東革命政府對內肅清反革命派對外使香港成爲荒島，這些重要事件都是列寧主義在俄國得了勝利後的影響且爲所促成。在這重要事件中尤其重要的是工農階級表現了他的領導國民革命的力量，使一般敵人驚嚇恐懼。而他自身更可稱述的還在認識了他自己的黨——中國共產黨。所以他——工農階級——得在中國共產黨指導之下取得國民革命的領導地位。中國共產黨是什麽？那就是他的領袖列寧生前所訓練所指導的第三國際黨的中國支部。這支部以列寧主義爲武器，這一年間在中國從滿州里到廣州使帝國主義損失。明白的說帝國主義侵入中國八十多年到了現在——世界革命領袖列寧逝世之第二年——才受了大打擊，至少喪失了一塊久爲他的殖民地的地盤。

陳先生的，是一個鮮明的列寧主義信徒的論調。他肯定（一）列寧主義，或第三國際主義，是全世界被壓迫民族唯一的希望，打倒帝國主義與資本主義唯一的武器；（二）中國共產黨是間接受列寧孵育的；（三）中國共產黨是中國農工階級的黨；（四）國內國民革命運動是共產黨，就是農工階級，領袖指揮的；（五）因此，所有我們國民革命運動的成績，如上文列舉的，直接是中國共產黨的功勞，間接是俄國革命或列寧自身的靈感。

我們不來爭功。睡夢是可怕的，昏迷是可怕的；我們要的是覺悟，是警醒我們的勢力。不論是誰，不論是什麼力量，只要他能替我們移去壓住我們靈性的一塊昏沈，能給我們一種新的自我的意識，能啟發我們潛伏的天才與力量來做真的創造的工作，建設真的人的生活與活的文化——不論是誰，我們說，我們都拜倒。列寧，基督，洛克佛拉，甘地；耶穌教，拜金主義，悟善社，共產黨，三民主義；——什麼都行，只要他能替我們實現我們所最需要最想望的——一個重新發見的國魂。靈魂（Soul）是一個便利的名詞；它並不一定得包涵神秘的宗教性的意義，那就太窄，它包括的是一切有意識有目的的動作。一個人是有靈性或是有靈魂的，如其他能認識他自己的天資，認識他的使命，憑着他有限的有生的日子，永遠不退縮的奮鬥着，期望完成他一已生活的意義。同樣的，一個民族是有靈魂的，如其它有它的天才與使命的自覺，繼續的奮鬥着，期望最後那一天，完成它的存在的意義。但覺悟只是一個微妙的開端：一個花子在春雷動後在泥土裏的圻裂：離着有收成的日子，離着花艷艷果垂垂的日子正還遠着哪。即使我們聽着了埞土裏生命消息的鬆脆的聲響，我們正應得增加我們責任的畏懼心；在萌芽透露以後可能的是半途的摧殘，危險多的是，除是傻子，誰都不能在這最緊要的關頭存一絲放任的樂觀心。

『認識你自己』，"Know thyself" 別看這句話說着容易，這是所有個人努力與民族努力唯一的最後的目標。這是終點，不是起點。這是最後一點甘露，實現玫瑰花的色香的神秘。耶穌釘在十字架上最後的號呼是徹底的自我認識完工的一筆。釋迦牟尼在菩提樹下的神通也是的。此外在個人的歷史裏更不易尋出這樣一個完全的例子。在先覺中蘇格拉底斯，也許，在他法庭上答辯後甘願服毒的俄傾；在詩人裏葛德，也許，在他寫成浮士德全書的日子，都是他一生性靈生活的供狀，可說是幾近了那一個最後的境界：認識，實現，圓滿。此外都差遠了。但這少數人曾經走到或是走近那境界的事實，已經足夠建設一個人類努力永久的靈感，在這流動的生的現象裏懸着一個不變更不晦色的目標。

在民族的歷史裏，這種努力的痕跡一樣的可以辨認。往古的希臘，羅馬，可說在它們各個天限的範圍內給我們一個民族的努力開端，發展，乃至收束的一個比較完全的例證。在近代歷史裏文藝復興期的意大利，十八世紀中葉至十九世紀中葉的德意志，大彼得起至現在革命中的俄國，可說是比較不完全的列證。單就政治說，英國當然也是一個有意識努力的民族。此外都是不甚清楚的了。

但自從馬克思的發見以來，最時行的意識論不再是個人，不再是民族，而是階級的了。階級，馬克思說，是人類有歷史以來到處看得見的現象；階級，按他說，往往分成壓迫的與被壓迫的兩種，這倆永遠是在一種戰爭的狀態，有形或是無形。在近代工業主義的社會裏，馬氏說，階級化的痕跡更分明，它那進程更急促，它那戰爭更劇烈。他預言勞工階級對抗資本階級最後的勝利；爲要促成這革命，先得造成勞工階級「自我的意識」，這意識便是勞工革命基本的力量。再因爲這階級分野是普遍的現象，是超國別種別的現象，將來最後的革命也必定是普遍性，國際性的。因此提倡國家主義或民族主義，卽使不至是勞工革命（它的成功是人類的天國）的漢奸，至少不免妨碍它的發展與進行。因此，我們中國也有了馬克思主義黨或是列寧主義黨或是共產黨或是第三國際（都是一樣東西），正因爲中國與列國一樣，不僅也有階級的分野，並且是壓迫的與被壓迫階級的分野。因此，中國的共產黨徒所反抗的不僅是外國的帝國主義與外國的資本主義，它也反抗國內的帝國主義與資本主義。

這看來是很明白而且合邏輯的說法。但是正是我們各個國民應得認眞想一個淸楚的地方，因爲革命來的時候是影響我們國民生活的全體的。並且就智理方面說，革命，至少它的第一步工程，當然是犧牲，我們爲要完成更偉大的使命我們也當然應得忍受犧牲——但是一個條件我們得假定，就是：我們將來的犧牲一定得是有意識的。爲要避免無意識的犧牲，我們國民就不能在思想上躱懶，苟且；我們一定得領起精神來，各個人憑他自己的力量，給現在提倡革命的人們的議論一個徹底的研究，給他們最有力量的口號一個嚴格的審查，給他們最叫響的主張一個不含糊的評判。

我個人是懷疑馬克思階級說的絕對性的。兩邊軍隊打仗的前提是他們各家壁壘的分清；階級戰爭也得有這個前提。馬克思的革命論的前提是一個純粹工業主義化的社會，這就是說社會上只有勞工與資本的分別，兩造的利害是衝突的，態度是決鬥的。他預言中等階級的消滅。這來工業社會的戰場上只有一邊是勞工，一邊是資本；等到濠溝設備齊全以後勞工這邊就可以向資本那邊下總攻擊令——最後的勝利，他更側重的預言，當然是勞工的。但至少就近百年看（以後我們不知道），就在馬克思時代最工業化的國家，他的預言——資本集中，中等階級消滅——並不曾靈驗。不，資本集中自集中，散放自散放，並且中等階級的勢力，政治的，社會的，甚至道德的，不但不曾消滅，並且更鞏固了。唯一實現了革命的地方是俄國，那是在近代強國中工業化程度是淺的一國。俄國的另一個特徵是它沒有中等階級（波淇窪），這實在是它革命得勢的消息。俄國革命成功的原因固然很多，但這沒有中產階級的事實，當然是重要原因的一個。所以俄國革命雖然有了相當的成功，但不能說是馬克思學說所推定的革命；因爲俄國的階級分野不是工業化的結果，不是純粹經濟性的階級。

至於中國，我想誰都不會否認，階級的絕對性更說不上了。我們只有職業的階級士農工商，並且沒有固定性；工人的子弟有做官的，農家人有做商的，這中間是不但走得通，並且是從不曾關斷過。純粹經濟性的階級分野更看不見了——至少目前還沒有。因此在我們的戰場上，對疊的軍隊調齊，戰線畫清的日子，即使有那一天，也還遠得很，在這時候就來談戰略在我看是神經過敏。

但這不是說我們就不應得有革命工作的努力。革命我們當然得積極準備，而且早動手一天更痛快，只是革命有種種不同的革命目的，手段，完全不同，甚至相衝突的儘有。我是一個固陋寡聞的人，但新近也常聽見什麼『國民革命』的呼聲。有人告訴我說這是國民黨的工作，孫文主義的花果，雖則，我不怕丟臉對你們說，我所知道的孫文主義不比我知道南美洲無花果樹的生活狀態多。隔天有興致時，前天我自對自說，何妨拿什麼三民主義一類的主張來揣摹揣摹，廣廣見識也是好的。但這次陳毅先生的話又使我糊塗住了。聽他說，彷彿（豈止彷彿）領導指揮我們國民革命的不是國民黨，倒是共產黨。——『中國共產黨是什麼』，陳先生說，『那就是他的領袖列寧生前所訓練所指導的第三國際黨的中國支部』。那也不壞，但這來豈不是我們革命的領袖不是中國籍的孫文或是別人，而是一個俄國人。那原來是，共產黨的眼裏，據說，只認識階級，不認識種族，誰要在這種地方挑眼無非洩露他自己見解的淺薄。

但革命的分別依然分明的在著。按我粗淺的想法，就中國論，革命總應得含有全體國民參加的意義；我們要革的事情多着哩，從我們各人穿衣服說話做文章娶親一類事情革起一直革到狹義的政府，我們要革我們生活裏思想裏指點得出的惡根性奴性，我們要革一切社會性道德性不公道不自然的狀況……反正這革命是直着來的，普及國民生活的全體的。反面說，第三國際式的革命是好比橫着去的，它側重的只是經濟的生活，它聯絡的是別國的同黨，換一句說，這共產革命，按我淺薄的推測，不是起源於我們內心的不安，一種靈性的要求，而是盲從一種根據不完全靠得住的學理，在幻想中假設了一個革命的背景，在幻想中想設了一個革命的姿勢，在幻想中想望一個永遠不可能的境界。這是迂執；這是書獃。

但是再說呢，有革命覺悟的，不問他的來源是莫斯科或是孫文學說或是自已的靈府，總是應得獎勵的，總比混在麻木的生活裏過日子的强得多。實際爲革命努力的，也不問他走的是正路是小路是邪路，也是値得讚賞的，總比在勢利社會裏裝鬼臉的强得多。思想錯誤不礙，只要它動活，它自然會有走入正道的機會；用力方向不對也不礙，只要精力開始往外用，它遲早有用對的一天。

我是一個不可敎訓的個人主義者。這並不高深，這只是說我只知道個人，只認得淸個人，只信得過個人。我信德謨克拉西的意義只是普遍的個人主義；在各個人自覺的意識與自覺的努力中涵有眞純德謨克拉西的精神：我要求每一朵花實現它可能的色香，我也要求各個人實現他可能的色香。在我們這花園裏，可憐！你看得見幾朶開得像樣的花？多的是在枝上凍黯了的，在含苞時期被風刮掉了的。不，多的是不曾感受春信的警醒在泥封的黑暗裏夢夢著的。所以我們需要的是風，是雪，是雨，是一切摧醒生命的勢力，是一切滋養生命的勢力；但我們不要狂風，要和風，不要暴雨，要緩雨。我們總得從有根據處起手。我知道唯一的根據處是我自己。認識你自己！我認定了這不熱鬧的小徑上走去。

○○○○○○

再回到列寧。他的偉大，有如耶穌的偉大，是不容否認的。他的軀殼現在直挺挺的躺在莫斯科皇城外一個肅靜的地室裏，每天有整千成萬的活人們去瞻仰他。他的精神竟可說是彌漫在宇宙間，至少在近百年內是決不會消散的。但我却不希望他的主義傳布。我怕他。他生前成功的一個秘密，是他特強的意志力，他是一個Fanatic。他不承認他的思想有錯誤的機會；鐵不僅是他的手，他的心也是的。他是一個理想的黨魁，有思想，有手段，有決斷。他是一個製警句編口號的聖手；他的話裏有魔力。這就是他的危險性。他的議論往往是太權宜，他的主張不免偏窄；他許了解俄國，在事實上他的確有可驚的駕馭革命的能力，但他的決不是萬應散。在政治學上根本就沒有萬應散這樣東西。過分相信政治學的危險，不比過分相信宗教的危險小。我們不要叫雲端裏折過來的回光給迷糊了是真的。青年人，不要輕易謳歌俄國革命，要知道俄國革命是人類史上最慘刻苦痛的一件事實，有俄國人的英雄性才能忍耐到今天這日子的。這不是鬧著玩的事情，不比趁熱鬧弄弄水弄弄火搗些小亂子是不在乎的。

一月二十一日

論自殺

（一）讀桂林梁巨川先生遺書

前七年也是這秋葉初焦的日子，在城北積水潭邊一家臨湖的小閣上伏處着一個六十老人；到深夜裏鄰家還望得見他獨自挑着熒熒的燈火，在那小樓上伏案疾書。

有一天破曉時他獨自開門出去，投入淨業湖的波心裏淹死了。那位自殺的老先生就是桂林梁巨川先生，他的遺書新近由他的哲嗣煥鼐與漱冥兩先生印成六卷共四冊，分送各公共閱覽機關與他們的親友。

遺書第一卷是『遺筆彙存』，就是巨川先生成仁前分致親友的絕筆，共有十七緘，原蹟現存彭翼仲先生別墅樓中（我想一部分應歸京師圖書館或將來國立古物院保存），這里有影印的十五緘。遺書第二卷是先生少時自勉的日記（慼敂山房日記節鈔一卷）；第三卷侍疾日記是先生侍疾他的老太太時的筆錄；第四卷是辛亥年的奏疏與民國初年的公牘；第五卷『伏卵錄』是先生從學的札記；末第六卷『别竹辭花記』是先生決心就義前在纓子胡同手建的本宅裏廻念身世的雜記二十餘則，有以『而今不可得矣』句作束的多條。

○　○　○　○　○

梁巨川先生的自殺在當時就震動社會的注意。就是昌言打破偶像主義與打破禮教束縛的新青年，也表示對死者相當的敬意，不完全駁斥他的自殺行爲。陳獨秀先生說他『總算是爲救濟社會而犧牲自己的生命，在舊歷史上眞是有數人物：言行一致的……身殉了他的主義，』陶孟和先生那篇『論自殺』是完全一個社會學者的看法；他的態度是嚴格批評的。陶先生分明是不贊成他自殺的；他說他『政治觀念不清，竟至誤送性命，嘏怎樣的危險啊！』陶先生把性命看得狠重。『自殺的結果是損失一個生命，並且使死者之親族陷於窮困……影響是及於社會的。』一個社會學家分明不能容許連累社會的自殺行爲。『但是梁先生深信自殺可以喚起國民的愛國心』；『爲喚醒國民的自殺』，陶先生那篇論文的結句說，『是藉着斷絕生命的手段做增加生命的事，豈能有效力嗎？』

『豈能有效力嗎』？巨川先生去世以來整整有七年了。我敢說我們都還記得曾經有這麼一回事。他爲什麼要自殺？一般人的答話，我猜想，一定說他是盡忠清室，再沒有別的了。清室！什麼清室！今天故宮博物院展覽，你去了沒有？坤壽宮裏有溥儀太太的相片，長得眞不錯，還有她的親筆英文，你都看了沒有？那老頭多傻！這二十世紀還來盡忠！白白的淹死了一條老命！

同時讓我們來聽聽巨川自表的話：——

『我身値清朝之末，故云殉清；其實非以清朝爲本位，而以幼年所學爲本位。……幼年所聞以對於世道有責任爲主義，此主義深印於吾腦中，卽以此主義爲本位故不容不殉。』

『殉淸又何言非本位？曰義者天地間不可歇絕之物，所以保全自身之人格，培補社會之元氣，當引爲自身當行之事，非因外勢之牽迫而爲也……諸君試思今日世局因何故而敗壞至於此極。正由朝三暮四，反覆無常，旣賣舊君，復賣良友，又賣主帥，背棄平時之要約，假託愛國之美名，受金錢收買，受私人嗾使，買刺客以壞長城，因個人而破大局，轉移無定，面目靦然。由此推行，勢將全國人不知信義爲何物，無一毫擁護公理之心，則人旣不成爲人。國焉能成爲國……

此鄙人所以自不量力，明知大勢難救，而捐此區區，聊爲國性一線之存也。』

『……辛亥之役無捐軀者爲歷史缺憾，數年默審於心，今更得正確理由，曰不實行共和愛民之政（口言平民主義之官僚錦衣玉食威福自雄視人民皆爲奴隸民德墮落民生蹙窮南北分裂實在不成事體），辜負清廷禪讓之心。遂於戊午年十月初六夜或初七晨赴積水潭南岸大柳根一帶身死……』

由這幾節裏，我們可以看出巨川先生的自殺，決不是單純的「盡忠」；即使是盡忠，也是盡忠於世道（他自己說）。換句話說，他老先生實在再也看不過革命以來實行的，也最流行的不要臉主義；他活着沒法子幫忙，所以决意犧牲自己的性命，給這時代一個警告，一個抗議。『所欲有甚於生者』，是他總結他的決心的一句話。

這裏面有消息，巨川先生的學力，智力，在他的遺著裏可以看出，決不是尋常的；他的思想也絕對不能說叫舊禮教的迷信束縛住了的。不，甚至他的政治觀念，雖則不怎樣精密，怎樣高深，却不能說他（像陶先生說他）是「不清」，因而『誤送了命』。不；如其曾經有一個人分析他自己的情感與思路的究竟，得到不可避免自殺的結論，因而從容的死去，那個人就是梁巨川先生。他並不曾「誤送了」他的命。我們可以相信即使梁先生當時暫緩他的自殺，去進大學校的法科，理清他所有的政治觀念（我敢說梁先生就在老年，他的理智攝收力也決不比一個普通法科學生差）——，結果積水潭大柳根一帶還是他的葬身地。這因爲他全體思想的背後還閃亮着一點不可錯誤的什麼——隨你叫他「天理」，「義」，信念，理想，或是康德的道德範疇——就是孟子說的『甚於生』的那一點，在無形中制定了他最後的慘死。這無形的一點什麽，决不是教科書知識所可淹沒，更不是尋常教育所能啟發的。前天我正在講起一民族的國民性，我說「到了非常的時候它的偉大的不滅的部分就在少數或是甚至一二人的人格裏要求最集中最不可錯誤的表現……因此在一個最無恥的時代裏往往挺生出一兩個最知恥的個人，例如宋末有文天祥，明末有黃梨洲一流人。在他們幾位先賢，不比當代看得見的一羣遺老與新少，忠君愛國一類的觀念脫卸了膚淺字面的意義，却取得了一種永久的象徵的意義，……他們是爲他們的民族爭人格，爭「人之所以爲人」……在他們性靈的不朽裏呼吸着民族更大的性靈。」我寫那一段的時候並不曾想起梁巨川先生的烈蹟，却不意今天在他的言行裏（我還是初次拜讀他的遺著）找到了一個完全的現成的例證。因此我覺得我們不能不尊敬梁巨川自殺的那件事實，正因爲我們尊敬的不是他的單純自殺行爲的本體，而是那事實所表現的一點子精神。「為喚醒國民的自殺」，陶孟和先生說，「是藉着斷絕生命的手段做增加生命的事」；粗看這話似乎很對；但是話裏有語病，就是陶先生攏統的拿生命一個字代表截然不同的兩件事：他那話裏的第一個生命是指個人軀壳的生存，那是遲早有止境的，他的第二個生命是指民族或社會全體靈性的或精神的生命，那是沒有寄居的軀壳同時却是永生不滅的。至於實際上有效力沒有效力，那是另外一件事又當別論的。但在社會學家科學的立場看來，他竟許根本否認有精神生命這回事，他批評一切行為的標準只是它影響社會肉眼看得見暫時的效果；我們不能不羨慕他的人生觀的簡單，舒服，便利，同時却不敢隨聞附和。當年錢牧齋也曾立定主意殉國，他雇了一隻小船，滿載着他的親友，搖到河身寬闊處死去，但當他走上船頭先用手探入河水的時候他忽然發明「水原來是這樣冷的」

的一個眞理，他就趕快縮回了溫暖的船艙，原船搖了回去。他的常識多充足，他的頭腦多淸明！還有吳梅村也曾在樑上掛好上吊的繩子，自己爬上了一張桌子正要把脖子套進繩圈去的時候，他的妻子家人跪在地下的哭聲居然把他生生的救了下來。那時候吳老先生的念頭，我想竟許與陶先生那篇論文裏的一個見解完全吻合：「自殺的結果是損失一個生命，並且使死者的親屬陷於窮困之影響是及於社會的」，還是收拾起樑上的繩子好好伴太太吃飯去吧。這來社會學者的頭腦眞的完全佔了實際的勝利，不曾誤送人命哩！固然像錢吳一流人本來就沒有高尙的品格與獨立的思想，他們的行爲也只是陶先生所謂方式的，即使當時錢老先生沒有怪嫌水冷居然淹了進去，或是吳先生硬得過妻子們的哭聲居然把他的脖子套進了繩圈去勒死了——他們的自殺也只當得自殺，只當得與殉夫殉貞節一例看，本身就沒有多大精神的價值，更說不上增加民族的精神的生命。但他們這要死又縮回來不死，可眞成了笑話——不論它怎樣暗合現代社會學家合理的論斷。

順便我倒又想起一個近例。就比如蔡孑民先生在彭允彝時代宣言，並且實行他的不合作主義，退出了混濁的北京，到今天還淹留在外國。當初有人批評他那是消極的行爲。胡適之先生就在努力上發表了一篇極有精彩的文章——「蔡元培是消極嗎？」——說明蔡先生的態度正是在那時情況下可能的積極態度，涵有進取的，抗議的精神，正是昏朦時代的一聲警鐘。就實際看，蔡先生這走的確並不曾發生怎樣看得見的效力；現在的政治能比彭允彝時期淸明多少是問題，現在的大學能比蔡先生在時乾淨多少是問題。不，蔡先生的不合作行爲並不曾發生什麽社會的效果。但是因此我們就能斷定蔡先生的出走，就比如梁巨川先生的自殺，是錯誤嗎？不，至少我一個人不這麽想。我當時也在「努力」上說了話，我說「蔡元培所以是個南邊人說的「韃大」，愚不可及的一個書獃子，卑汚苟且社會裏的一個最不合時宜的理想者。所以他的話是沒有人能懂的；他的行為只有極少數人——如眞有——敢表同情的；他的主張，他的理想，尤其是一盆飛旺的炭火，大家怕炙手，如何敢去抓呢？」「小人知進而不知退」，「不忍為同流合汚之苟安」，「不合作」，「為保持人格起見」，「生平僅知是非公道，從不以人為單位」——這些話有多小人能懂，有多少人敢懂？這樣的一個理想主義者非失敗不可，因為理想主義者總是失敗的。若然理想勝利，那就是卑汚苟且的社會政治失敗——那是一個過於奢侈的希望了。」

我先前這樣想，現在還是這樣想。歸根一句話，人的行為是不可以一概論的；有的，例如梁巨川先生的自殺，甚至蔡先生的不合作，是精神性的行爲，它的起源與所能發生的效果，决不是我們常識所能測量，更不是什麼社會的或是科學的評價標準所能批判的。在我們一班信仰（你可以說迷信）精神生命的痴人，在我們還有寸土可守的日子，决不能讓實利主義的重量完全壓倒人的性靈的表現，更不能容忍某時代迷信（在中世是宗敎，現代是科學）的黑影完全淹沒了宇宙間不變的價值。

（二）再論梁巨川先生的自殺　陶孟和

志摩：

你未免太挖苦社會學的看法了。我的那篇沒有什麼價值的舊作是不是社會學的或科學的看法，且不必管，但是你若說社會學家科學的人生觀是『簡單』，『舒服』，『便利』，我却不敢隨聲附和，我有點替社會科學抱不平。我現在還沒有工夫替社會科學做辯護人，我且先替我自己說幾句罷。

在我讀你的在今日（十月十二日）晨報副刊的大作之先，我也正讀了梁漱冥先生送給我的那部遺書。我這次讀了巨川先生的年譜，辛壬類稿的跋語，伏卵錄，別竹辭花記幾種以後，我對於巨川先生堅强不拔的品格，謹愼廉潔的操行，忠於戚友的熱誠，益加佩服。在現在一切事物都商業化的時代裏，竟有巨川先生這樣的人，實在是稀有的現象。我雖然十分的敬重巨川先生，我雖然希望自己還有旁人都能像巨川先生那樣的律己，對於父母，家庭，朋友，國家或主義那樣的忠誠，但是我總覺得自殺不應該是他老先生所採的辦法。

志摩，你將來對於自殺或者還有什麼深微奧妙的見解，像我這樣淺見的人，總以爲自殺並不是挽救世道人心的手段。我所不贊成的是消極的自殺，不是死。假使一個人爲了一個信仰，被世人殺死，那是一個奮鬥的殉道者的光榮的死。這是我所欽佩的。假使一個人因爲自己的信仰，不爲世人所信從，竟自己將自己的生命斷送，這是一種消極的行爲，是失敗後的憤激的手段，雖然自殺者自己常聲明說這個死是爲的要喚醒同胞。假使一個醫生因爲設法支配微生物，反爲微生物侵入身體內部而死，這是科學家犧牲的精神，這是最可景仰的行爲。假使一個軍官因爲他的軍人都不聽從他的命令，他想要用他的自己的死感化他們，叫他們聽從，這未免有點方法錯誤。我覺得巨川先生的死是這一類。

爲喚醒一個人，一個與自己極有關係的人，用『尸諫』或者可以一時的有效。至於挽回世道人心總不是尸諫所能奏功的。世界上曾有一個大敎主是用死完成他的大功業的，他就是耶蘇。

但是耶蘇並不是自殺。他的在十字架上的死是證明他的衞道的忠心，而他的徒弟們採用唯理的解釋法說他是爲人類贖罪孽。

一般的說來，物理的生命是心理的生命的一個主要條件。沒有身體那裏還有理想呢？誠然的，在世界上也常有身體消滅反能使理想生存的時候。蘇格拉底飲鴆而哲學的思想大昌。文天祥遇害而忠氣亘古今。但是所謂『殺身成仁』只限於殺身是奮鬥的必不可免的結果的時候。殺身有種種的情形，有種種的方法，絕不是凡是殺身都是成仁的，更不是成仁必須殺身的。

但是，志摩：你千萬不要以爲這個見解就是愛惜生命，而不愛惜主義或理想。愛惜生命正是因爲愛惜一種主義。志摩：假使你有一個理想是你認爲在你的生命的價值以上無數倍的，你怎樣想得到那個理想？你用自殺的方法去得到那個理想呢？你還是活着用種種的方法去得到那個理想呢？假使你——或隨便一個男子戀愛了一個女子，好像丹梯的愛毗亞特里斯，或哥德小說中少年維特的愛夏羅特（我舉這個例，但是不要忘記維特的苦惱不過是一本小說，並且他的戀愛又有複雜的情形），這個男子用自殺的方法赢取那女子的愛呢，還是用種種戀愛的行為與表示去赢取那女子的愛呢？這個男子在有的時候或者以為即使他自己失去了生命，果然那女子能對於他有愛意，他也情願，他也就達到了他的理想，但是像我這樣的俗人，你或者稱為一個功利主義者，總覺得這不過是失望者的自己安慰自己，與戀愛的本意不同。

我也並不是根本的反對自殺，我承認各人有自殺的自由，但是如以改良社會，挽回世道人心或忠於一種主義，信仰，或精神的生命為志願，便不應該自殺，因為自殺與這些種志願是相矛盾的。凡是志願必須活着的人努力纔有達到的希望，如巨川先生一生高潔的救世的行爲尙不能喚起多人的注意與模倣，他老先生的一死會可以喚醒全世人嗎？卽使他老先生的自殺一時的可以警醒了許多人，那也不過是一般人一時的感情的表現，人類本能的愛惜生命的感情的表現，又於世道人心有什麼關係呢？無論巨川先生的志願是救世，或是醒世，都必須積極努力，以本人爲始，聯合無數人努力的做去。救世或醒世沒有捷徑的，只有持久不懈的努力。我欽佩巨川先生之餘還不得不說他老先生的自殺實是一個遺憾。這或者是因爲我曾進過大學法科的緣故！

孟和十月十二日

陶孟和先生是我們朋輩中的一位隱士：他的家遠在北新橋的北面；要不是我前天無意中從塵封的書堆裏檢出他的舊文來與他挑釁，他的矜貴的墨瀋是不易滴落到宣武門外來的。我想我們都很樂意有機會得讀陶先生的文章，他的思路的清澈與他文體的從容永遠是讀者們的一個有利益的愉快。這里再用不著我的不識趣的蛇足。我也不須答辯；陶先生大部分的見解都是我最同意的。活着努力，活着奮鬥，陶先生這樣說，我也這樣說。我又不是乾儍子，誰來提倡死了再去奮鬥？——除非地下的世界與地上的世界同樣的不完全。不，陶先生不要誤會，我並不會說自殺是『改良社會，挽回世道人心』的一個合理辦法。我只說梁巨川先生見到了一點，使他不得不自殺；並且在他，這消極的手段的確表現了他的積極的目的；至於實際社會的效果不但陶先生看不見，就我同情他自殺的一個也是一樣的看不見。我的信仰，我也不怕陶先生與讀者們笑話，我自認永遠在虛無縹渺間。

志摩附言

再論自殺

陣衡哲女士來信：

志摩：到京後尚不曾以隻字奉助，慚愧得很。但你們的副刊眞不錯，我讀了叔本華的婦女論，張陳兩先生的蘇俄論辨，以及你和孟和先生的論自殺，都感覺到一種激刺，覺得非也說兩句話不行。這三個題目豈不都是很值得討論的嗎？但蘇俄及婦女論的兩個題目太大了；雖然他們都在逼著我講話，但我却尚只得忍耐著。現在日抄一首關於自殺的舊作給你和副刊的讀者看看。你我當記得，叔永的兄弟任季彭，是爲袁世凱要做皇帝，投入西湖的葛洪井而死的。這首詩是我對於這件事的一點意見；這個意思至今還不曾改變。請你注意，我的著眼處，乃在自殺的願念；因爲自殺的願念，未必定等於自殺的行爲。比如無此願念而願效此行爲，則結果便不免要如錢牧齋的鬬笑話；有此願念而暫時無此行爲，則結果即不能殺身成仁，至少也能增加不少無畏的精神，至少可以不怕死。此意不知你與孟和先生以爲何如？原詩附後。

衡哲謹白。

吾聞任子，
憤世自裁。
任子如未死，
今日此生當屬誰？
劉陽譚子昔有言：
『吾死者屢今幸存，
此生不應復我有。』

生非我有無我相，
何湯不赴火不走？
嗚呼！
自殺之行不足羨，
自殺之願乃可念：
譬如人人皆能懷願如任子，
世又安有畏葸之細士？

我不很明白陳女士這里『自殺的願念』的意義。鄉下人家的養媳婦叫婆婆咒了一頓就想跳河死去；這算不算自殺的願念？做生意破了產沒面目見人想服毒自盡；這皇不是自殺的願念？有印度人赤著身子去餵恆河裏的鱷魚；有在普渡山捨身巖上跳下去粉身碎骨的；有跟著皇帝死爲了丈夫死的各種盡忠與殉節；有文學裏維特的自殺；奧賽洛誤殺了玳思玳蒙娜的自殺，露米歐殉情的自殺，玫麗亞從棺材裏醒過來後的自殺……如其自殺的意義只是自動的生命的捨棄，那上面約擧的各種全是自殺，從養媳婦跳河起到玫麗亞服毒止，全是的。但這中間的分別多大：鄉下死了一個養媳婦我們至多覺著她死得可憐，或是我們聽得某處出了節烈，我們不僅覺得憐，並且覺得憤：『喫禮敎又吃了一條命！』但我們在莎士比亞戲裏看到玫麗亞的自殺或是在葛德的小說裏看到維特的自殺，我們受感動（天生永遠不會受感動的人那就沒法想，而且這類快活人世上也不少！）的部分不是我們浮面的情感，更不是我們的理智，而是我們輕易不露面的一點子性靈。在這種境地一切純理的準繩與判斷完全失却了效用，像山脚下的矮樹永遠彀不到山頂上吞吐的白雲。玫麗亞也許痴。但她不得不死；假如玫麗亞從棺材裏醒回來見露米歐毒死在她的身旁她要是爬了起來回家另聽父母替她擇配去，你看客答應不答應？雖則你明知道（在想像中）那樣可愛一個女孩白白死了是怪可惜的——社會的損失！再比如維特也許傻，眞傻，但他，縛住在他的熱情的邏輯內，也不得不死，假如維特是孟和先生理想的合理的愛者而不是葛德把他寫成那樣熱情的愛者，他在得到了夏洛德眞愛他的憑據（一度親吻）（以後，就該堂皇的要求她的丈夫正式離婚，或是想法叫夏洛德跟他私奔，成全她們倆在地面上的戀愛——你答應不答應？辦法當然是辦法，但維特却不成『維特』了，葛德那本小書，假如換一個更『合理』的結局，我們可以斷言，當年就不會轟動全歐，此時也決不會牢牢的留傳在人的記憶中了。

所以自殺照我看是決不可以一概論的，雖則它那行爲結果只是斷絕一個身體的生命。自殺的動機與性質太不同了，有的是完全患鬪，有的是部分思想不淸，有的是純感情作用，有的殉敎，有的殉禮，有的殉懦怯，有的殉主義。有的我們絕對鄙薄，有的我們憐憫，有的使我們悲憤，有的使我們崇拜。有的連累自殺者的家庭或社會；有的形成人類永久的靈感。『死有輕於鴻毛，有重於泰山』，這一句話概括盡了。

但是我們還不會討論出我們應得拿什麼標準去評判自殺。陶孟和先生似乎主張以自殺能否感化社會爲標準（消極的自殺當然是單純懦怯，不成問題）。陳衡哲女士似乎主張自殺的發願或發心在當事人有提高品格的影響。我答陶先生的話是社會是根本不能感化的，聖人早已死完了，我們活着都無能爲力。何況斷氣以後，陶先生的話對的。陳女士的發願說亦似不盡然。你說曾經想自殺而不曾實行的人，就會比從沒有想過自殺的人不怕死，更有胆量？我說不敢肯定這一說。就說我自己，並且我想在這時代十個裏至少九個半的青年，曾經不但想而且實際準備過自殺，還不止一次；但却不敢自信我們因此就在道德上升了格。不再是『畏葸的細士。』不，我想單這發願是不夠的，並且我們還得看爲什麽發願。要不然鄉下養媳婦幾乎沒有不想尋死過的，這也是發願，可有什麽價值？反面說，玖麗亞與維特事前並不存心死，他們都要認眞的活，但他們所處的境地連著他們特有的思想的邏輯逼迫他們最後的捨生，他們也就不沾戀，我們旁觀人感受的是一種純精神性的感奮，道德性的你也可以說，但在這裏你就說不上發願不發願。熱戀中人思想的邏輯是最簡單不過的：我到生命裏來求愛，現在我在某人身上發見了一生的大願，但爲某種不可克勝的阻力我不能在活著時實現我的心願，因此我勉强活著是痛苦，不如到死的境界裏去求平安，我就自殺吧。他死因為他到了某時候某境地在他是不得不死。同樣的，你一生的大願如其是忠君或是愛國，或是別的什麼，你事實上思想上找不到出路時你就望最消極或是最積極的方向——死——走去完事。

這裏我想我們得到了一點評判的消息。就是自殺不僅必得是有意識的，而且在自殺者必定得在他的思想上達到一個『不得不』的境界，然後這自殺才值得我們同情的考量。這有意識的涵義就是自殺動機相對的純粹性，就是自殺者是否憑藉自殺的手段去達到他要的『有甚於生』的那一點。我同情梁巨川先生的自殺就為在他的遺集裏我發見他的自殺不僅是有意識的，而且在他的思想上的確達到了一個『不得不』的境界。此外憤世類的自殺，乃至存心感化類的自殺我都看不出許可的理由，而且我怕我們只能看作一種消極的自殺，借口頭的飾詞自掩背後或許不可告人的動機——因爲老實說，活比死難得多，我們不能輕易獎勵避難就易的行爲，這一點我與孟和先生完全同意。

海灘上種花

朋友是一種奢華：且不說酒肉勢利，那是說不上朋友，眞朋友是相知，但相知談何容易，你要打開人家的心，你先得打開你自己的，你要在你的心裏容納人家的心，你先得把你的心推放到人家的心裏去：這眞心或眞性情的相互的流轉，是朋友的秘密，是朋友的快樂。但這是說你內心的力量夠得到，性靈的活動有富餘，可以隨時開放，隨時往外流，像山裏的泉水，流向容得住你的同情的溝槽；有時你得冒險，你得化本錢，你得低拚在巉屼的亂石間，觸刺的草縫裏耐心的尋路，那時候艱難，苦痛，消耗，在在是可能的，在你這水一般靈動，水一般柔順的尋求同情的心能找到平安欣快以前。

我所以說朋友是奢華；「相知」是寶貝，但得拏眞性情的血本去換，去拚。因此我不敢輕易說話，因為我自己知道我的來源有限，十分的謹愼尙且不時有破產的恐懼；我不能隨便『化』。前天有幾位小朋友來邀我跟你們講話，他們的懇切折服了我，使我不得不從命，但是小朋友們，說也慚媿，我拏什麼來給你們呢？

我最先想來對你們說些孩子話，因為你們都還是孩子。但是那孩子的我到那裏去了？彷彿昨天我還是個孩子，今天不知怎的就變了樣。什麼是孩子要不為一點活潑的天眞，但天眞就比是泥土裏的嫩芽，天冷泥土硬就壓住了它的生機——這年頭問誰去要和暖的春風？

孩子是沒了。你記得的只是一個不淸切的影子，麻糊得緊，我這時候想起就像是一個瞎子追念他自己的容貌，一樣的記不周全；他卽使想急了拏一雙手到臉上去印下一個模子來，那模子也是個死的。眞的沒了。一天在公園裏見一個小朋友不提多麼活動，一忽兒上山，一忽兒爬樹，一忽兒溜冰，一忽兒乾草裏打滾，要不然就跳着憨笑；我看着羡慕，也想學樣，跟他一起玩，但是不能，我是一個大人，身上穿着長袍，心裏存着體面，怕招人笑，天生的靈活換來矜持的存心——孩子，孩子是沒有的了，有的只是一個年歲與教育蛀空了的軀殼，死殭殭的，不自然的。

我又想找回我們天性裏的野人來對你們說話。因為野人也是接近自然的；我前幾年過印度時得到極刻心的感想，那裏的街道房屋以及土人的體膚容貌，生活的習慣，雖則簡，雖則陋，雖則不誇張，却處處與大自然——上面碧藍的天，火熱的陽光，地下焦黃的泥土，高矗的椰樹——相調諧，情調，色彩，結構，看來有一種意義的一致，就比是一件完美的藝術的作品。也不知怎的，那天看了他們的街，街上的牛車，趕車的老頭露着他的赤光的頭顱與此紫薑色的圓肚，他們的廟，廟裏的聖像與神座前的花，我心裏只是不自在，就彷彿這情景是一個熟悉的聲音的叫喚，叫你去跟着他，你的靈魂也何嘗不活跳跳的想答應一聲『好，我來了，』但是不能，又有碍路的擋着你，不許你囘復這叫喚聲啟示給你的自由。困着你的是你的敎育；我那時的難受就比是一條蛇擺脫不了困住他的一個硬性的外壳——野人也給壓住了，永遠出不來。

所以今天站在你們上面的我不再是融會自然的野人，也不是天機活靈的孩子：我只是一個『文明人』，我能說的只是『文明話』。但什麽是文明只是墮落？文明人的心裏只是種種虛榮的念頭，心到處忙不算，到處都得計較成敗。我怎麽能對着你們不感覺慚媿？不了解自然不僅是我的心，我的話也是的。並且我即使有話說也沒法表現，即使有思想也不能使你們了解；內裏那點子性靈就比是在一座石壁裏牢牢的砌住，一絲光亮都不透，就憑這雙眼望見你們，但有什麼法子可以傳達我的意思給你們，我已經忘却了原來的語言，還有什麼話可說的？

但我的小朋友們還是逼着我來說謊（沒有話說而勉强說話便是謊）。知識，我不能給；要知識你們得請教教育家去，我這裏是沒有的。智慧，更沒有了：智慧是地獄裏的花果，能進地獄更能出地獄的才採得着智慧，不去地獄的便沒有智慧——我是沒有的。

○　○　○　○　○

我正發窘的時候，來了一個救星——就是我手裏這一小幅畫，等我來講道理給你們聽。這張畫是我的拜年片，一個朋友替我製的。你們看這個小孩子在海邊沙灘上獨自的玩，赤脚穿着草鞋，右手提着一枝花，使勁把它往沙裏栽，左手提着一把澆花的水壺，壺裏水點一滴滴的往下吊着。離着小孩不遠看得見海裏翻動着的波瀾。

你們看出了這畫的意思沒有？

在海砂裏種花。在海砂裏種花！那小孩這一番種花的熱心怕是白費的了。砂磧是養不活鮮花的，這幾點淡水是不能幫忙的；也許等不到小孩轉身，這一朵小花已經支不住陽光的逼迫，就得交卸他有限的生命，枯萎了去。况且那海水的浪頭也快打過來了，海浪冲來時不說這朵小小的花，就是大根的樹也怕站不住——所以這花落在海邊上是絕望的了，小孩這番力量準是白化的了。

你們一定狠能明白這個意思。我的朋友是狠聰明的，他拿這畫意來比我們一羣獃子，樂意在白天裏做夢的獃子，滿心想在海砂裏種花的傻子。畫裏的小孩拿着有限的幾滴淡水想維持花的生命，我們一羣夢人也想在現在比沙漠還要乾枯比沙灘更沒有生命的社會裏，憑着最有限的力量，想下幾顆文藝與思想的種子，這不是一樣的絕望；一樣的傻？想在海砂裏種花，想在海砂裏種花，多可笑呀！但我的聰明的朋友說，這幅小小畫裏的意思還不止此；諷刺不是她的目的。她要我們更深一層看。在我們看來海沙裏種花是傻氣，但在那小孩自己却不覺得。他的思想是單純的，他的信仰也是單純的。他知道的是什麽？他知道花是可愛的，可愛的東西應得幫助他發長；他平常看見花草都是從地土裏長出來的，他看來海砂也只是地，爲什麽海砂裏不能長花他沒有想到，也不必想到，他就知道拿花來栽，拿水去澆，只要那花在地上站直了他就歡喜，他就樂，他就會跳他的跳，唱他的唱，來讚美這美麗的生命，以後怎麽樣，海砂的性質，花的運命，他全管不着！我們知道小孩們怎樣的崇拜自然，他的身體雖則小，他的靈魂却是大着，他的衣服也許髒，他的心可是潔淨的。這裏還有一幅畫，這是自然的崇拜，你們看這孩子在月光下跪着拜一朵低頭的百合花，這時候他的心與月光一般的清潔，與花一般的美麗，與夜一般的安靜。我們可以知道到海邊上來種花那孩子的思想與這月下拜花的孩子的思想會得跪下的——單純，清潔，我們可以想像那一個孩子把花栽好了也是一樣來對着花膜拜祈禱——他能把花暫時栽了起來便是他的成功，此外以後怎麽樣不是他的事情了。

你們看這個象徵不僅美，並且有力量；因為它告訴我們單純的信心是創作的泉源——這單純的爛漫的天眞是最永久最有力量的東西，陽光燒不焦他，狂風吹不倒他，海水冲不了他，黑暗掩不了他——地面上的花朵有被摧殘有消滅的時候，但小孩愛花種花這一點：『眞』却有的是永久的生命。

我們來放遠一點看。我們現有的文化只是人類在歷史上努力與犧牲的成績。爲什麼人們肯努力肯犧牲？因爲他們有天生的信心；他們的靈魂認識什麼是眞什麼是善什麼是美，雖則他們的肉體與智識有時候會誘惑他們反着方向走路；但只要他們認明一件事情是有永久價值的時候，他們就自然的會得興奮，不期然的自己犧牲，要在這忽忽變動的聲色的世界裏，贖出幾個永久不變的原則的憑證來。耶穌爲什麼不怕上十字架？密爾頓何以瞎了眼還要做詩，貝德花芬何以聾了還要製音樂，密仡郎其羅爲什麼肯積受幾個月的潮濕不顧自己的皮肉與靴子連成一片的用心思，爲的只是要解决一個小小的美術問題？爲什麼永遠有人到冰洋盡頭雪山頂上去探險？爲什麼科學家肯在顯微鏡底下或是數目字中間研究一般人眼看不到心想不通的道理消磨他一生的光陰？

爲的是這些人道的英雄都有他們不可搖動的信心；像我們在海砂裏種花的孩子一樣，他們的思想是單純的——宗教家爲善的原則犧牲，科學家爲眞的原則犧牲，藝術家爲美的原則犧牲——這一切犧牲的結果便是我們現有的有限的文化。

你們想想在這地面上做事難道還不是一樣的傻氣——這地面還不與海砂一樣不容你生根；在這裏的事業還不是與鮮花一樣的嬌嫩？——潮水過來可以冲掉，狂風吹來可以折壞，陽光晒來可以薰焦我們小孩子手裏拿着往砂裏栽的鮮花，同樣的，我們文化的全體還不一樣有隨時可以冲掉折壞薰焦的可能嗎？巴比倫的文明現在那裏？碣研城曾經在地下埋過千百年，克利脫的文明直到最近五六十年間才完全發見。並且有時一件事實體的存在並不能證明他生命的繼續。這區區地球的本體就有一千萬個毀滅的可能。人們怕死不錯，我們怕死人，但最可怕的不是死的死人，是活的死人，單有軀壳生命沒有靈性生活是莫大的悲慘；文化也有這種情形，死的文化到也罷了，最可憐的是勉强喘着氣的半死的文化。你們如其問我要例子，我就不遲疑的回答你說，朋友們，貴國的文化便是一個喘着氣的活死人！時候已經很久的了，自從我們最後的幾個祖宗爲了不變的原則犧牲他們的呼吸與血液，爲了不死的生命犧牲他們有限的存在，爲了單純的信心遭受當時人的訕笑與侮辱。時候已經很久的了，自從我們最後聽見普遍的聲音像潮水似的充滿著地面。時候已經很久的了，自從我們最後看見强烈的光明像慧星似的掃掠過地面。時候已經很久的了，自從我們最後爲某種主義流過火熱的鮮血。時候已經很久的了，自從我們的骨髓裏有胆量，我們的說話裏有分量。這是一個極傷心的反省！我眞不知道這時代犯了什麽不可赦的大罪，上帝竟狠心的賞給我們這樣惡毒的刑罰？你看看去這年頭到那裏去找一個完全的男子或是一個完全的女子——你們去看去，這年頭那一個男子不是陽痿，那一個女子不是鼓脹！要形容我們現在受罪的時期，我們得發明一個比醜更醜比髒更髒比下流更下流比苟且更苟且比懦怯更懦怯的一類生字去！朋友們，眞的我心裏常常害怕，害怕下回東風帶來的不是我們盼望中的春天，不是鮮花青草蝴蝶飛鳥，我怕他帶來一個比冬天更枯稿更悽慘更寂寞的死天——因為醜陋的臉子不配穿漂亮的衣服，我們這樣醜陋的變態的人心與社會憑什麽權利可以問青天要陽光，問地面要青草，問飛鳥要音樂，問花朵要顏色？你問我明天天會不會放亮？我回答說我不知道，竟許不！

歸根是我們失去了我們靈性努力的重心，那就是一個單純的信仰，一點爛漫的童眞！不要說到海灘去種花——我們都是聰明人誰願意做傻瓜去——就是在你自己院子裏種花你都懶怕動手哪！最可怕的懷疑的鬼與厭世的黑影已經佔住了我們的靈魂！

所以朋友們，你們都是青年，都是春雷聲響不會停止時破綻出來的鮮花，你們再不可墮落了——雖則陷穽的大口滿張在你的跟前，你不要怕，你把你的爛漫的天眞倒下去，塡平了它再往前走——你們要保持那一點的信心，這裏面連着來的就是精力與勇敢與靈感——你們要不怕做小傻瓜，儘量在這人道的海灘邊種你的鮮花去——花也許會消滅，但這種花的精神是不爛的！

一九二六年六月初版
一九三七年四月五版

落葉

實售五角

版權所有

著者 徐志摩

發行人 李志雲

發行者 北新書局

總發行所 上海四馬路中市 電報掛號一一六三號 北新書局

分發行所 南京 開封 長沙 廈門 北平 濟南 武漢 汕頭 廣州 西安 貴陽 溫州 杭州 成都 重慶 雲南 北新書局

图书在版编目（CIP）数据

落叶 / 徐志摩著. -- 天津：百花文艺出版社，
2020.4(2024.1 重印)
(现代文学名著原版珍藏. 第三辑)
ISBN 978-7-5306-7840-4

Ⅰ. ①落… Ⅱ. ①徐… Ⅲ. ①散文集-中国-现代
Ⅳ. ①I266

中国版本图书馆 CIP 数据核字(2020)第 062816 号

落叶
LUOYE
徐志摩 著

选题策划：唐冠群　　美术编辑：张振洪
责任编辑：马　畅
出版发行：百花文艺出版社
地址：天津市和平区西康路 35 号　　邮编：300051
电话传真：+86-22-23332651（发行部）
+86-22-23332656（总编室）
+86-22-23332478（邮购部）
网址：http://www.baihuawenyi.com
印刷：宝蕾元仁浩（天津）印刷有限公司
开本：787×1092 毫米　1/32
字数：88 千字
印张：5.625
版次：2020 年 4 月第 1 版
印次：2024 年 1 月第 4 次印刷
定价：20.00元

如有印装质量问题，请与宝蕾元仁浩（天津）印刷有限公司联系调换
地址：北京朝阳区西坝河南路6号西座102室
电话：(010) 84498866 邮编：100028